Marguerite Duras

LOS OJOS AZULES PELO NEGRO

las novelas del verano

Las Novelas del Verano
Una colección de grandes autores de narrativa
publicada por EL MUNDO y LA REVISTA,
UNIDAD EDITORIAL, S. A.
C/ Pradillo, 42
28002 Madrid

Los ojos azules pelo negro
Título original:
Les yeux bleus cheveux noirs
Traducción: Clara Janés
Licencia editorial para Bibliotex, S. L.

Diseño portada: ZAC diseño gráfico
Ilustración: Toño Benavides

ISBN: 84-8130-050-0
Depósito legal: B. 22115-1998
Impresión y encuadernación:
Printer, Industria Gráfica, S. A.

De venta conjunta e inseparable con EL MUNDO

A Yann Andréa

Una noche de verano, dice el actor, estaría en el centro de la historia.

Ni un soplo de viento. Y ya, extendido ante la ciudad, ventanales y cristales abiertos, entre la noche roja del poniente y la penumbra del parque, el hall del hotel des Roches.

En el interior, mujeres y niños; ellas hablan de la noche de verano, es tan poco corriente, tres o cuatro veces por temporada, y además no cada año, que hay que aprovecharla antes de morir, porque no se sabe si Dios hará que uno pueda vivir aún otras tan hermosas.

En el exterior, en la terraza del hotel, los hombres. Se los oye tan claramente como a ellas, esas mujeres del hall. También ellos hablan de los veranos pasados en las playas del norte. Las voces son por todas partes igualmente ligeras y vacías y enuncian la excepcional belleza de la noche de verano.

Entre las personas que contemplan el espectáculo del hall desde la carretera de detrás del hotel, un hombre echa a andar. Cruza el parque y se acerca a una ventana abierta.

Muy poco tiempo antes de que él atraviese la carretera, se trata de unos segundos, ella, la mujer de la historia, llega al hall. Ha entrado por la puerta que da al parque.

Cuando el hombre alcanza la ventana, ella ya está ahí, a unos metros de él, entre las otras mujeres.

Desde donde el hombre está, aunque hubiera querido, no habría podido ver su rostro. Ella está, en efecto, vuelta hacia la puerta del hall que da a la playa.

Es joven. Lleva playeras blancas. Se ve su cuerpo alto y flexible, la blancura de su piel en este verano de sol, su pelo negro. Sólo podría verse su rostro a contraluz, desde una ventana que diera al mar. Lleva short blanco. En torno a las caderas, un pañuelo de seda negra, negligentemente atado. En el pelo, una cinta azul oscuro que debería hacer presagiar el azul de los ojos que no se puede ver.

De pronto, en el hotel, llaman a alguien. No se sabe quién.

Gritan un nombre de una sonoridad insólita, inquietante, hecha de una vocal llorada y prolongada en una *e* de Oriente y de su temblor entre las paredes vítreas de consonantes irreconocibles, de una *t*, por ejemplo, o de una *l*.

La voz que grita es clara y tan alta que las personas dejan de hablar y esperan como una explicación que no llegará.

Poco después del grito, por esta puerta que la mujer mira, la de los pisos del hotel, un joven extranjero acaba de entrar en el hall. Un joven extranjero de ojos azules pelo negro.

El joven extranjero se reúne con la mujer. Como ella, él es joven. Es alto como ella, como ella va vestido de blanco. Se para. Es a ella a quien había perdido. La luz reverberante de la terraza hace que sus ojos sean pavorosos de tan azules. Cuando se acerca a ella, se ve que está lleno de la alegría de haber vuelto a encontrarla, y en la desesperanza de tener que perderla de nuevo. Tiene el color blanco de los amantes. El pelo negro. Llora.

No se sabe quién ha gritado aquella palabra que no se conocía excepto en que se creía haberla oído llegar de las tinieblas del hotel, de los pasillos, de las habitaciones.

En el parque, desde la aparición del joven extranjero, el hombre se ha ido acercando a la ventana del hall sin darse cuenta. Sus manos están aferradas al borde de la ventana, están como privadas de vida, descompuestas por el esfuerzo de mirar, la emoción de ver.

Con un gesto, la joven indica al extranjero la dirección de la playa, lo invita a seguirla, toma su mano, él se resiste apenas, los dos se apartan de la ventana del hall y se alejan por donde ella ha indicado, hacia el poniente.

Salen por la puerta que da al mar.

El hombre permanece detrás de la ventana abierta. Espera. Permanece allí mucho rato, hasta que se va la gente, llega la noche.

Deja el parque después, pasando por la playa, titubea como un hombre borracho, grita, llora como los seres desesperados en el cine triste.

Es un hombre elegante, delgado y alto. En el desastre que vive en este momento queda la mirada ahogada en la simplicidad de las lágrimas y la indumentaria excesivamente particular de trajes demasiado caros, demasiado bonitos.

La presencia de este hombre solitario en la penumbra de este parque ha hecho de golpe que se ensombrezca el paisaje y que disminuyan de intensidad las voces de las mujeres del hall hasta su total extinción.

Avanzada la noche que sigue a este crepúsculo, cuando la belleza del día ha desaparecido con tanta violencia como por un revés del destino, ellos se encuentran.

Cuando él entra en aquel café de la orilla del mar, ella está ya allí con otras gentes.

Él no la reconoce. Sólo podría reconocerla si hubiera llegado en compañía del joven extranjero de ojos azules pelo negro. La ausencia de éste hace que ella siga siendo una desconocida para él.

Él se sienta en una mesa. Aún menos que él a ella, ella no le ha visto nunca.

Ella lo mira. Es inevitable hacerlo. Él está solo y bello y agotado de estar solo, tan solo y bello como cualquiera en el momento de morir. Llora.

Para ella es tan desconocido como si tuviera aún que nacer.

Ella se separa de las personas con las que está. Se dirige hacia la mesa del recién llegado que llora. Se sienta frente a él. Lo mira.

Él no la ve, no ve nada. Ni que sus manos están inertes sobre la mesa. Ni la sonrisa deshecha. Ni que ella tiembla. Que tiene frío.

Ella no lo ha visto aún nunca por las calles de la ciudad. Le pregunta qué le pasa. Él dice que no le pasa nada. Nada. Que no se preocupe. La dulzura de la voz que de pronto desgarra el alma y haría suponer.

Él no puede dejar de llorar.

Ella le dice: quisiera ayudarle a no llorar. Ella llora. Él no quiere nada en realidad. No la oye.

Ella le pregunta si quiere morir, si es eso lo que le pasa, el deseo de morir, ella quizá podría ayudarle. Querría que él siguiera hablando. Él dice que no, nada, que no haga caso. Ella no puede actuar de otro modo, le habla.

—Está usted aquí para no volver a su casa.

—Así es.

—En su casa, usted está solo.

Solo, sí. Él busca qué decir. Le pregunta dónde vive. Ella vive en un hotel que está en una de esas calles que dan a la playa.

Él no la oye. No la ha oído. Deja de llorar. Dice que es presa de un gran dolor porque ha perdido el rastro de alguien a quien hubiera querido volver a ver. Añade que tiene tendencia a sufrir a menudo por ese tipo de cosas, de esas tristezas mortales. Le dice: Quédese conmigo.

Ella se queda. Él está un poco molesto, se diría, por el silencio. Él le pregunta, se cree obligado a hablar, si le gusta la ópera. Ella dice que no le gusta mucho la ópera pero la Callas, sí, mucho. ¿Cómo podría no gustar? Habla tan lentamente como si hubiera perdido la memoria. Dice que olvida, que también existe Verdi y además Monteverdi. Se ha fijado usted, son éstos los que a uno le gustan cuando no le gusta mucho la ópera —añade ella— cuando ya no le gusta nada.

Él ha oído. Va a llorar de nuevo. Le tiemblan los labios. Los nombres de Verdi y de Monteverdi les hacen llorar a los dos.

Ella dice que también vaga de noche por los cafés cuando las noches son tan largas y tan cálidas. Cuando toda la ciudad está fuera, uno no se puede quedar en una habitación. ¿Porque ella está sola también? Sí.

Él llora. No tiene fin. Eso es exactamente llorar. Él no vuelve a hablar de nada. No vuelven a hablar de nada ni uno ni otro.

Hasta el cierre del café están ahí.

Él de cara al mar y ella, al otro lado de la mesa, delante de él. Durante dos horas ella lo mira sin verlo. De vez en cuando se acuerdan, se sonríen a través de las lágrimas. Luego de nuevo olvidan.

Él le pregunta si es una prostituta. Ella no se sorprende, tampoco ríe. Dice:

—En cierto modo, pero no cobro.

Él creía también que ella formaba parte del personal del café. No.

Ella juega con una llave para no mirarle.

Ella dice: soy actriz, usted me conoce. Él no se excusa por no conocerla, no dice nada. Es un hombre que no cree ya nada de lo que se dice. Debe de pensar que ella lo descubra.

El café había cerrado. Se reunieron fuera. Él miró el cielo a ras del mar. En el horizonte aún quedaban huellas del ocaso. Él habló del verano, de aquella noche de excepcional suavidad. Le había dicho: cierran porque lloramos.

Ella lo lleva a un bar más tierra adentro, en una carretera nacional. Y allí se quedan hasta que llega el día. Es allí donde él le dice que está en un momento difícil. Ella dice: en su última hora. No sonríe. Él dice que sí, que es eso, que lo había creído, que lo cree aún. Sonríe con una sonrisa forzada. Le dice además que había buscado en la ciudad a alguien que quería volver a ver, que era éste el motivo por el que lloraba, alguien a quien él no conocía, a quien había visto por azar aquella noche misma y que era aquel al que esperaba desde siempre y que quería volver a verle, costara lo que costara, incluso al precio de su vida. Que él era así.

Ella dice: Qué coincidencia. Añade:

—Por esto le abordé, creo, debido a esa desesperación.

Ella sonríe, confusa por utilizar aquella palabra. Él no comprende. Y por primera vez la mira. Dice: Llora usted.

Él la mira mejor. Dice:

—Su piel es tan blanca, se diría que acaba de llegar a la orilla del mar.

Ella dice que es su piel, que jamás toma el sol, que eso existe —está a punto de decir otra cosa que no dice.

Él la mira con mucha atención, olvida incluso que la ve para mejor recordar. Dice:

—Es curioso, es como si ya la conociera.

Ella reflexiona, le mira a su vez, intenta recordar dónde y cuándo pudo haber sido eso. Dice:

—No. Yo no le he visto nunca antes de esta noche.

Él vuelve a la piel blanca y de tal modo que la piel blanca podría ser un pretexto para averiguar el porqué de las lágrimas. Pero no. Dice:

—Es siempre un poco... Asustan siempre un poco, unos ojos tan azules como sus ojos..., pero es quizá porque su pelo es tan negro...

Ella debe de estar acostumbrada a que le hablen de sus ojos. Contesta:

—El pelo negro y el pelo rubio causan un azul de ojos distinto, como si el color de los ojos saliera de la cabellera. El pelo negro hace los ojos de un azul índigo, un poco trágico además, es cierto, mientras que el cabello rubio hace ojos azules más amarillos, más grises, que no dan miedo.

Ella dice sin duda lo que ha evitado decir un momento antes:

—Conocí a alguien que tenía este tipo de azul en los ojos, no se percibía el centro de la mirada, de dónde procedía, como si el azul, todo él mirara.

Él la ve de pronto. Ve que describe sus propios ojos.

Ella llora, ha sucedido brutalmente, sollozos demasiado fuertes, que se atropellan, como si no tuviera fuerza para llorar.

Dice:

—Discúlpeme, es como si hubiera cometido un crimen, quisiera morir.

Él teme que ella lo deje también, que desaparezca de la ciudad. Pero no, ella llora delante de él, sus ojos desvelados ahogados en lágrimas. Ojos que la desnudan.

Él coge sus manos, las pone contra su rostro.

Le pregunta si son los ojos azules los que la hacen llorar.

Ella dice que es eso, sí, sucede que es eso, que puede expresarse así.

Ella le deja hacer con las manos.

Él pregunta cuándo fue.

Hoy.

Él besa sus manos como lo haría con su rostro, su boca.

Dice que ella tiene el olor ligero y dulce del humo.

Ella le da a besar su boca.

Ella le dice que le bese a él, a este desconocido, dice: Usted besa su cuerpo desnudo, su boca, su piel, sus ojos.

Lloran hasta la mañana la tristeza mortal de la noche de verano.

> Se habría hecho la oscuridad en la sala, empezaría la obra.
>
> La escena, diría el actor. Sería una especie de sala de recepción severamente amueblada con muebles ingleses, confortables, muy lujosos, de caoba oscura. Habría sillas, mesas, algunos sillones. Encima de las mesas habría lámparas, varios ejemplares del mismo libro, ceniceros, cigarrillos, vasos, botellas de agua. Encima de cada mesa habría un ramo de dos o tres rosas. Sería como un lugar abandonado pero al momento, fúnebre.
>
> Poco a poco, un olor se esparciría, al principio

habría sido el que aquí se describe, de incienso y de rosa, y ahora se habría convertido en el olor inodoro del polvo de la arena. Se supondría que había transcurrido mucho tiempo desde el origen del olor.

La descripción del decorado, del olor sexual, la de los muebles, de la caoba oscura, deberían leerla los actores en igualdad de tono respecto a la narración de la historia. Incluso si, al azar de los distintos teatros donde se representaría la obra, los elementos de este decorado no coinciden con el enunciado que aquí se lleva a cabo, éste permanecería siendo el mismo. En este caso, correspondería a los actores el hacer que el olor, los trajes y los colores se sometieran a lo escrito, al valor de las palabras, a su forma.

Seguiría tratándose de este lugar fúnebre, del polvo de la arena, de la caoba oscura.

Ella dormiría, dice el actor. Parecería hacerlo, dormir. Está en el centro de la habitación vacía, sobre sábanas blancas extendidas en el mismo suelo.

Él está sentado junto a ella. La mira intermitentemente.

Tampoco hay sillas en esta habitación. Sin duda él ha traído las sábanas y luego, acto seguido, una a una, puerta tras puerta, ha cerrado las demás habitaciones de la casa. Esta habitación da al mar y a la playa. No hay jardín.

Ha dejado ahí la araña de luz amarilla.

Sin duda no sabe exactamente el porqué de lo que ha hecho con las sábanas, las puertas, la luz.

Ella duerme.

Él no la conoce. Mira el sueño, las manos abiertas, el rostro todavía extraño. Los senos, la belleza, los ojos cerrados. Si hubiera dejado abiertas las puertas de las demás habitaciones, ella habría, sin duda, ido a ver. Es lo que él ha debido de pensar.

Él mira las piernas que descansan, lisas como los brazos, los senos. La respiración es igualmente clara, prolongada. Y bajo la piel de sus sienes, sosegadamente, el flujo de la sangre que late, aminorado por el sueño.

Exceptuada esta luz central de color amarillo que cae de la araña, la estancia está oscura, es redonda, se dirigía, cerrada, sin fisura alguna en torno al cuerpo.

Ella es una mujer.

Duerme. Parece hacerlo. No se sabe. Parece haber partido toda ella hacia el sueño, con los ojos, las manos, el espíritu. El cuerpo no está completamente recto, se inclina un poco hacia un lado, hacia el hombre. Las formas son flexibles, sus encadenamientos invisibles. Palabras llegan a la boca, las de la dislocación de las formas bajo la piel que todo lo cubre.

La boca está ligeramente entreabierta, los labios están matizados, agrietados por el viento, sin duda ha venido andando y ya hace frío.

El que este cuerpo duerma no significa que esté sin vida. Es lo contrario. Y hasta el punto de saber a través del sueño cuándo alguien mira. Basta que el hombre penetre en la zona de luz para que un movimiento brusco lo atraviese, los ojos se abran y observen, inquietos, hasta reconocerle.

Fue en la carretera nacional, al levantarse el día, tras cerrar el segundo café, cuando le dijo que buscaba a una joven para que durmiera con él durante algún tiempo, que tenía miedo a la locura. Que quería pagar a esa mujer, ésa era su idea, que había que pagar a las mujeres para que impidieran que los hombres murieran, se volvieran locos. Había llorado aún, agotado de cansancio como estaba. El verano le daba miedo. Su soledad en verano, cuando los balnearios estaban llenos de parejas, de mujeres y de niños, cuando se burlaban de ellos en todas partes, en las variedades, los casinos, las calles.

A la terrible luz del día, ella lo ve por primera vez.

Es elegante. En el desastre que vive en este mismo momento, queda la indumentaria de los trajes de verano demasiado caros, demasiado bonitos, esta larguedad del cuerpo, esa mirada ahogada en la simplicidad de las lágrimas que hace olvidar los trajes. Sus manos son muy blancas, su piel. Él es delgado, alto. Como ella, debe de haber sido diestro en los deportes escolares a muy tierna edad. Llora. En torno a sus ojos restos de khol azul.

Ella le dice que una mujer pagada sería lo mismo que si no hubiera nadie. Él dice que está seguro de quererla así, sin amor por él, sólo el cuerpo.

No había querido que fuera en seguida. Dentro de tres días había dicho, el tiempo de ordenar.

Él la había acogido prudentemente, con cierta frialdad, tenía las manos heladas en verano. Temblaba. Vestía de blanco como el joven extranjero de ojos azules pelo negro.

Él le dijo que no quería saber su nombre ni su apellido. No dijo nada y ella no preguntó nada. Él le dio la dirección. Ella conocía el lugar, la casa, conocía bien la ciudad.

El recuerdo es confuso, molesto. Era una petición humillante. Pero que había que formular de todos modos, antes de que se instalara. Él la recuerda en el interior del café, recuerda aquella otra mujer, la suavidad corporal de la voz, del correr de las lágrimas por el rostro blanco. De los ojos, azules hasta confundir. De las manos.

Ella duerme. A su lado, en el suelo, hay un cuadrado de seda negra. Él quisiera preguntarle para qué sirve, luego renuncia, se dice que debe ser en general para protegerse los ojos de la luz por la noche y, aquí, de la luz amarilla que cae de la araña que reverbera debido a las sábanas blancas.

Ella ha colocado sus cosas junto a la pared. Playeras blancas, ropa de algodón igualmente blanca, una cinta azul oscuro.

Ella se despierta. No entiende enseguida qué sucede. Él está sentado en el suelo, la mira, ligeramente inclinado sobre su rostro. Ella hace un gesto de defensa, pero apenas, de taparse los ojos con el brazo. Él lo ve. Dice: La miro, nada más, no tenga miedo. Ella dice que es sorpresa, no miedo.

Se sonríen. Él dice: No estoy acostumbrado a usted. Está maquillado. Va de negro.

En los ojos, mezcladas con la sonrisa, se hallan la tristeza desesperada, y las lágrimas de la noche de verano.

Ella no pregunta nada. Él dice:

—No puedo tocar su cuerpo. No puedo decirle nada más, no puedo, es más fuerte que yo, que mi voluntad.

Ella dice que lo supo desde que lo vio en el café de la orilla del mar.

Dice que ella está en el deseo de aquel hombre de los

ojos azules del que le habló en aquel café, anclada en el deseo sólo de él, que eso no tiene importancia, al contrario.

Él dice que quiere intentar por si acaso coger el cuerpo con las manos, sin mirar quizá, porque aquí la mirada es inútil. Lo hace, coloca como un ciego las manos sobre el cuerpo, toma los senos, las caderas, en la frescura de la piel desnuda, hace que el todo se vuelque con un gesto violento y, con una especie de empujón, de bofetada plana, lo vuelve, lo pone de cara al suelo. Se para, sorprendido de su propia brutalidad. Aparta las manos. Deja de moverse. Dice: No puede ser.

Ella se queda, también ella, como ha caído, la cara contra el suelo. Cuando se endereza, él sigue allí, fijo, encima de ella. No llora. No comprende. Se miran.

Ella pregunta:

—¿Nunca le ha sucedido esto?

—Nunca.

No le pregunta si sabe de dónde procede esta dificultad en su vida.

—Nunca con una mujer, quiere decir usted.

—Esto es. Nunca.

La dulzura de la voz es definitiva.

Ella repite, sonríe:

—Nunca deseo de mí.

—Nunca. Excepto —él vacila— en aquel café, cuando habló usted de aquel hombre que amó, de sus ojos, solamente un momento, el de decirlo, la deseé.

Ella extiende la seda negra sobre su rostro. Tiembla. Él dice que se excusa. Ella dice que no es nada, que es aquella palabra, pronunciada aquí, en esta habitación. Ella dice además que el amor puede llegar también de este modo, escuchando decir de alguien desconocido cómo eran sus ojos. Dice:

—¿Nunca excepto entonces? ¿Ni siquiera un momento, el de sospecharlo?

—Nunca.

—¿Cómo estar seguro de ello hasta este punto?

—¿Por qué querer hasta este punto que no esté seguro de ello?

Ella lo mira como miraría su imagen en su ausencia. Dice:

—Porque no se puede hacer otra cosa.

Ella lo sigue mirando con aquella fijeza. Dice:

—No se puede entender.

Ella le pregunta por qué lo intenta en otra parte cuando está seguro de que no saldrá de ahí hasta su muerte. Él no sabe muy bien por qué. Lo intenta.

—Quizá para tener una historia. Por este motivo tampoco se puede hacer otra cosa. Ni por nada.

—Es cierto, se olvida siempre. Una historia como: escribir una historia. Y, en el centro, aquella diferencia que constituye el libro.

Pasa mucho antes de que ella vuelva a hablar. Ella está en otra parte, largo rato, sola. Sin él, él lo sabe. Ella repite:

—Así, usted nunca ha sentido deseo por una mujer.

—Nunca. Pero a veces comprendo que se pueda sentir —sonríe—, que uno pueda engañarse.

Se produce una emoción. Ella no debe de saber muy bien de qué se trata, si de un miedo que vuelve, esta vez más fuerte que ella, o si de la expresión de una espera que ignoraba estar viviendo. Observa la habitación, dice:

—Es extraño, es como si hubiera llegado a algún sitio. Como si hubiera esperado esto desde siempre.

Él le pregunta por qué ha aceptado ir a su habitación. Ella dice que todas las mujeres habrían aceptado sin saber por qué esta unión blanca y desesperada. Que ella es como esas mujeres, que no sabe por qué. Pregunta: ¿Acaso él entiende algo?

Él dice que no ha soñado nunca con una mujer, que nunca ha pensado en una mujer como objeto que se pudiera amar.

Ella dice:

—Es algo terrible. Nunca lo hubiera creído antes de conocerle.

Él pregunta si es tan terrible como no creer en Dios.

Ella lo cree así. Es el hecho del hombre indefinidamente presente a sí mismo lo que asusta. Pero debe de ser ahí donde se está mejor, más cómodo para vivir la desesperación, con estos hombres sin descendencia que ignoran estar desesperados.

Él le pregunta si quiere irse de la casa. Ella le sonríe, dice que no, que el curso de la universidad aún no ha vuelto a empezar, que tiene tiempo para quedarse allí. Se lo agradezco, dice ella, pero no. Y además, el dinero, no soy indiferente a él.

Ella llega, coge las sábanas, se las lleva a la parte oscura de la habitación. Se envuelve dentro entera y se acuesta allí contra el muro, en el suelo. Siempre agotada de cansancio.

Él la mira atentamente hacer los mismos gestos, cometer el mismo error. Deja que se equivoque. Es después, más tarde, cuando ya se ha dormido, cuando se lo dice.

Va hacia ella, desenvuelve las sábanas, la encuentra caliente en su interior, dormida. Sólo entonces le dice que debe ir hacia la luz central de la habitación. Quizá ella cree que lo que él quiere es que primero se equivoque. Para tener que recordarle acto seguido lo que debe hacer.

Ella se despierta. Le mira. Pregunta: ¿Quién es usted? Él dice: Recuerde.

Ella recuerda. Dice: Usted es aquel que se moría en el café de la orilla del mar. Él vuelve a decirle que debe ir hacia la luz, que estaba en el contrato. Ella queda desconcertada. Creía ella que era mejor para él el saber solamente que estaba ahí, sin tener que verla. Él no contesta. Ella lo hace, se sitúa bajo la luz.

Varias veces seguidas ella irá, sin embargo, a dormir junto a la pared, envuelta en las sábanas. Y cada vez él la volverá a llevar a la luz central. Ella se deja llevar. Hace lo que él dice, sale de las sábanas y se acuesta bajo la luz.

Él no sabrá nunca si ella olvida realmente o si se trata de una resistencia que le opone, un límite a su hecho para los días futuros de los que no saben aún en absoluto cómo serán.

Con frecuencia ella se despierta desorientada, inquieta. Cada vez pregunta qué casa es aquélla. Él no contesta a la pregunta. Dice que es de noche, antes del invierno, que todavía es otoño.

Ella pregunta: ¿Qué se oye?

Él dice: El mar, ahí, detrás de la pared de la habitación. Y yo soy aquel que usted encontró una noche de este verano en el café de la orilla del mar. Y además el que dio el dinero.

Ella lo sabe pero recuerda mal por qué está ahí.

Lo mira, dice: usted es el que estaba desesperado. ¿No le parece que se recuerda mal? A él, de pronto, le parece también que se recuerda mal. ¿Desesperado por qué, en realidad? Se sorprenden de pronto mirándose el uno al otro. Y de pronto, viéndose. Se ven hasta la suspensión de la palabra en la página, hasta ese golpe en los ojos que huyen y se cierran.

Ella quiere oír cómo amaba él a ese amante perdido. Él dice: Más allá de las propias fuerzas, más allá de la vida. Ella quiere oírlo de nuevo. Él vuelve a decirlo.

Ella se cubre otra vez el rostro con la seda negra, él se tiende a su lado. Nada en sus cuerpos se toca. Su inmovilidad es común. Ella repite con la voz de él: Más allá de las propias fuerzas, más allá de la vida.

Sucede bruscamente, con la misma voz, con la misma lentitud. Él dice:

—Me miró. Descubrió mi presencia detrás de la ventana del hall y varias veces me miró.

Ella está sentada bajo la luz amarilla. Los ojos en él, escucha. No sabe de qué habla en absoluto. Él prosigue:

—Se encontró con una mujer, aquella mujer le indicó con la mano que le siguiera. En este gesto vi que él no quería dejar el hall. Ella le cogió del brazo y se lo llevó. Un hombre nunca hubiera hecho eso.

La voz ha cambiado. Su lentitud ha desaparecido. El que habla no es el mismo hombre. Grita, le dice que no soporta que le mire como ella lo hace. Ella deja de mirarle. Él grita, no quiere que ella se tienda, quiere que se quede de pie. No se irá hasta que haya oído la historia. Él prosigue la historia.

No ha visto la cara de esa mujer con la que él se había encontrado, estaba vuelta hacia el joven extranjero, no sabía en absoluto que alguien les estaba mirando. Llevaba un vestido claro, sí, esto es, blanco.

Él le pregunta si escucha. Que se tranquilice, ella escucha.

Él prosigue la historia:

—Ella lo llamó precisamente porque él me miraba con aquella insistencia. Debió de gritar para conseguir que él dejara de mirarme. De pronto nos separamos. Desaparecieron los dos por la puerta del hall que da a la playa.

Él intenta no llorar. Llora.

Dice:

—Fui a buscarle a la playa, ya no sabía lo que hacía. Luego volví al parque. Esperé a que llegara la noche. Me fui cuando apagaron el hall. Fui a aquel café de la orilla del mar. Generalmente nuestras historias son cortas, nunca he conocido eso. La imagen está ahí —señala la cabeza, el corazón— fija. Me encerré con usted en esta casa para no olvidarle. Ahora usted sabe la verdad.

Ella dice: Es terrible, qué historia.

Él habla de su belleza. Con los ojos cerrados puede volver a ver la imagen en su perfección. Vuelve a ver la luz roja del poniente y sus ojos pavorosos de tan azules a esta luz. Vuelve a ver el color blanco de los amantes. El pelo negro.

Alguien había gritado en determinado momento, pero en aquel momento, el del grito, aún no le había visto. No sabe, pues, si fue él quien gritó. Ni siquiera está seguro de que fuera un hombre quien gritó. Estaba ocupado en mirar a las personas de la reunión del hall. Y de pronto hubo un grito. No, pensándolo bien, ese grito no llegaba del hall sino de mucho más lejos, estaba cargado de ecos de todas clases, de pasado, de deseo. Debió de ser un extranjero el que gritó, un joven, para divertirse, y quizá para asustar. Luego la mujer se lo había llevado. Él había rebuscado por la ciudad y la playa, y no lo había encontrado, como si aquella mujer se lo hubiera llevado lejos.

Ella le vuelve a preguntar: ¿Por qué el dinero?

Él dice: Para pagar. Para disponer de su tiempo como yo he decidido. Para echarla cuando yo quiera. Y saber de antemano que obedecerá. Para escuchar mis historias, las que invento y las que son de verdad. Ella dice: Para dormir también sobre el sexo quieto. Ella acaba la frase del libro: Y llorar ahí también.

Él pregunta para qué sirve la seda negra. Ella dice:

—La seda negra, como el saco negro, donde poner la cabeza de los condenados a muerte.

La audición de la lectura del libro, dice el actor, debería ser siempre igual. Desde que entre los silencios la lectura del texto se producirá, los actores deberían estar pendientes de ella y, excepto el aliento, permanecer inmóviles, como si a través de la simplicidad de las palabras, en grados sucesivos, cada vez hubiera más que comprender.

Los actores mirarían al hombre de la historia, a veces mirarían al público. A veces mirarían también a la mujer de la historia, pero eso no sucedería nunca por azar.

Sería preciso que se percibiera ese no mirar de los actores a la mujer de la historia.

De los acontecimientos que acaecerían entre el hombre y la mujer, no se vería nada, no se representaría nada. La lectura del libro se propondría, pues, como el teatro de la historia.

No habría que subrayar ninguna emoción determinada en tal o cual pasaje de la lectura. Ningún gesto. Simplemente, la emoción ante el hecho de desvelar la palabra.

Los hombres irían de blanco. La mujer desnuda. La idea de que estuviera vestida con un traje negro ha sido abandonada.

Ella le dice que es de las personas que pasan a lo largo de la playa de noche. Él esboza un ligero movimiento de retroceso, como si pusiera en duda lo que ella dice. Y luego le dice que la cree. Le pregunta: Aparte de esos tráficos, de ese amor, ¿quién es ella? Aparte de ese pasar, aparte de su presencia en la habitación, ¿quién?

Ella se coloca la seda negra sobre el rostro. Dice: Soy un escritor. Él no sabe si ella ríe. No pregunta.

Se callan, se escuchan con idéntica distracción. Preguntan sin esperar respuesta. Hablan solos. Él espera que ella hable. Le gusta su voz, se lo dice, no escucha siempre cuando hablan, pero a ella sí, escucha siempre su voz. Fue su voz la que hizo que le pidiera que fuera a su habitación.

Ella dice que un día hará un libro sobre la habitación, le parece que es un lugar como por descuido, en principio inhabitable, infernal, una escena de teatro cerrada. Él dice que ha quitado los muebles, las sillas, la cama, los objetos personales, porque desconfiaba, no la conocía, pensaba a veces que robaría. Dice también que ahora es todo lo contrario, tiene siempre miedo de que se vaya cuando él duerme. Con ella encerrada con él en esta habitación no está completamente separado de él, de aquel amante de los ojos azules pelo negro. Cree que es en esta habitación, con esta luz de teatro, donde hay que buscar el principio de este amor, desde mucho antes de ella, desde los veranos de su infancia sufridos como castigo. No tiene explicación.

El silencio de la habitación es profundo, no llega ya ningún ruido ni de las calles, ni de la ciudad ni del mar. La noche está acabando, por todas partes límpida y negra, la luna ha desaparecido. Ellos tienen miedo. Él escucha, los ojos mirando al suelo, ese silencio pavoroso.

Dice que es la hora de la mar quieta, pero que ya las aguas de la marea ascendente se están reuniendo, que el acontecimiento está en marcha, que va a producirse pronto ahora y que pasará desapercibido a esta hora de la noche. Que siempre le aflige que acontecimientos como éste nunca hayan sido vistos.

Ella le observa hablar, los ojos muy abiertos y escondidos. Él no la ve. Permanece con los ojos bajos mirando al suelo. Ella le dice que cierre los ojos, que enceguezca en cierto modo y la recuerde, recuerde su rostro.

Él lo hace. Cierra los ojos muy fuerte y largamente, como hacen los niños. Luego deja de hacerlo. Una vez más dice:

—Cuando cierro los ojos, veo a alguien que no conozco.

Sus ojos escapan, se apartan. Ella dice: Yo estoy aquí delante de usted y usted no me ve, eso da miedo. Él habla deprisa, para taponar el miedo. Dice que esto también debe de tener relación con aquella hora de la noche, con aquel cambio del mar, que incluso ese tráfico cesará, que serán los únicos seres vivos de este lado de la ciudad. Ella dice que no, que no es eso.

De nuevo pasa mucho rato antes de que vuelvan a hablar. Ella está delante de él. Tiene el rostro desnudo, sin la seda negra. Él no levanta los ojos hacia ella. Se quedan así sin moverse, mucho rato. Y luego ella lo deja, deja la luz, anda a lo largo de la pared. Él le pregunta por ese tráfico en la playa, dice que se lo explique, que él no sabe nada, hace poco que vive en la ciudad. Ella dice que son personas que se esconden para penetrarse juntas y gozar por eso sin conocerse, ni amarse, casi sin verse. Llegan de la ciudad y de otros balnearios. Él pregunta si hay mujeres. Ella dice sí, niños también, perros, locos.

Él dice:

—El sol pasa a ras del mar.

Un charco de sol ha aparecido en la base de la pared de la habitación, llega de debajo de la puerta de entrada, es grande como una mano, tiembla en la piedra del muro. El charco vive apenas unos segundos. Su desaparición es brutal, es arrancada del muro a su propia velocidad, la de la luz. Él dice:

—El sol ha pasado, ha llegado y ha terminado, como en las cárceles.

Ella se vuelve a colocar la seda negra en el rostro. Él no sabe nada más, ni del rostro ni de la mirada. Ella llora a ligeros golpes. Dice: No es nada, es la emoción. Primero él duda de la palabra, pregunta: ¿La emoción? Luego dice para pronunciarla con sus propios labios sin interrogación alguna, sin objeto: La emoción.

Ella debió de ser presa del sueño mucho más tarde. El sol estaba en el cielo y ella aún no dormía. Él se había dormido a su vez, y tan profundamente que no la había oído salir de la habitación. Ella ya no estaba allí cuando él despertó.

Está sentado junto a ella sin tocar su cuerpo. Ella se duerme tendida en la luz. Él contempla la fuerza a través de la delgadez, las articulaciones de los miembros. Ella está dispuesta, en cada instante de la noche, tanto a quedarse como a marcharse de la habitación, a que la echen.

Él la despierta. Le pide que se vuelva a poner la ropa y vaya debajo de la luz para que él la mire. Ella lo hace. Va a vestirse al fondo de la habitación, a la sombra de la pared del mar. Luego vuelve bajo la luz. Se queda de pie delante de él, que la mira.

Ella es joven. Lleva playeras blancas. En torno a la cintura, al desgaire, un pañuelo negro, anudado. En el pelo negro, una cinta azul oscuro del mismo azul increíble que sus pupilas. Lleva un short blanco.

Está ahí, delante de él, él lo sabe, dispuesta a matarlo porque él la ha despertado de aquel modo, y también dispuesta a quedarse ahí de pie delante de él toda la noche. Él no sabe de dónde le viene esta facultad de sufrir todo lo que se presente como por mandato de Dios.

Él le pregunta si va siempre vestida como lo está ahora. Ella dice que desde que le conoce, sí.

—Parecía gustarle, así que me he puesto los mismos colores.

Él la mira largo rato. Ella dice: No, él no la había visto nunca antes de aquella noche, en aquel café a la orilla del mar. Lo lamenta.

Ella se desnuda. Se tiende en su lugar bajo la luz. Su mirada es salvaje y llora sin saberlo, como la de él. Él cree que se parecen. Se lo dice. Ella también cree, como él, que tienen la misma estatura, los ojos del mismo color azul, y el pelo negro. Sonríe. Ella dice: Y, en la mirada, la tristeza de un paisaje de noche.

A veces es él quien se viste en plena noche. Se pinta los ojos, baila. Cada vez cree que no la ha despertado. A veces se pone su cinta azul, su pañuelo negro.

Una noche. Ella le pregunta si podría hacerlo con la mano, sin acercarse a ella, por lo tanto, sin mirar siquiera.

Él dice que no puede. No puede hacer nada semejante con una mujer. No puede llegar a expresar el efecto que le causa esta pregunta por parte de ella. Si aceptara, correría el riesgo de no querer volver a verla, nunca, y quizá incluso de hacerle daño. Tendría que salir de la habitación, olvidarla. Ella dice que es lo contrario, que no puede olvidar. Que como nada sucede entre ellos, permanece infernal el recuerdo de lo que no sucede.

Ella lo hace ella misma con su propia mano delante de él, que la mira. En el goce ella llama a alguien, se diría, dice algo así como una palabra muy baja, muy sorda, muy distante. Algo como un nombre, quizá, carece de sentido. Él no reconoce nada. La cree portadora de una clandestinidad natural, sin memoria, hecha de inocencia, de disponibilidad sin referencias.

Él dice:

—Quisiera que me disculpara, no puedo ser de otro modo, es como si el deseo se borrara cuando me acerco a usted.

Ella dice que actualmente es también así.

Él dice que ella ha dicho una palabra un momento antes, como una palabra extranjera. Ella dice que llamaba a alguien en el desfallecimiento del goce.

Él sonríe, le dice:

—No puedo exigir de usted que me lo diga todo. Ni siquiera con dinero.

Ella tiene aquel color de ojos y de pelo de los amantes que él desea: ese azul de los ojos cuando el pelo es negro. Y aquella piel blanca no alcanzada por el sol. A veces hay pecas, pero claras, descoloridas por la luz. Tiene también ese sueño profundo que le libera de su presencia.

La forma del rostro es muy hermosa, dibujada bajo la seda negra.

Ella se mueve. De nuevo fuera de las sábanas, se estira, luego permanece estirada, y, cuando vuelve a dejarse caer, se queda tal como ha caído, anonadada por ese bienestar que llega a veces de un infinito cansancio.

Él va hacia ella. Le pregunta de qué descansa, qué cansancio es aquél. Sin contestar, sin mirar siquiera, ella levanta la mano y acaricia su rostro que está debajo de ella, sus labios, las inmediaciones de los labios, los lugares que quisiera besar; el rostro se resiste, ella sigue acariciando, los dientes se aprietan, el rostro retrocede. Su mano vuelve a caer.

Él pregunta si llama sueño al encargo que le ha hecho de su presencia junto a él cada noche. Ella duda y dice que quizá, sí, que es de este modo como debió de comprenderlo, saber que él deseaba tenerla a su lado pero oculta por el sueño, con el rostro anulado por la seda negra como por otro sentimiento.

Ella está en la sombra, separada de la luz. La araña recubierta de negro ilumina sólo el lugar de los cuerpos. La sombra de la araña hace sombras distintas. El azul de los ojos y el blanco de las sábanas, el azul de la cinta y la palidez de la piel han sido recubiertas por la sombra de la habitación, la del verde de las plantas del fondo del mar. Ella está ahí, mezclada con los colores, y la sombra, siempre triste debido a un mal que ella ignora. Nacida así, con ese azul en los ojos. Esta belleza.

Ella dice que le conviene vivir lo que ella vive en este momento con él. Se pregunta qué habría hecho en vez de aquello si no se hubieran encontrado en el café. Es aquí, en esta habitación, donde ha transcurrido su verdadero verano, su experiencia, la experiencia del aborrecimiento de su sexo, y de su cuerpo, y de su vida. Él la escucha en la desconfianza. Ella le sonríe, le pregunta si quiere que siga hablándole. Él dice que ella no tiene nada que enseñarle, que todo lo que puede decir son ideas recibidas. Ella dice:

—Yo no le hablo de usted, le hablo de mí delante de usted. La complicación viene de mí. Su odio hacia mí no me concierne. Viene de Dios, hay que aceptarlo como tal, respetarlo como a la naturaleza, al mar. No merece la pena traducirlo en su lenguaje personal.

Ella observa la ira retenida en la boca apretada, en los ojos. Ríe. Se calla. A veces el miedo llega a la estancia, pero esta noche todavía más, no es el miedo de morir, es el de ser dañada, como por una bestia, arañada, desfigurada.

La sala estaría en la oscuridad, diría el actor. La obra se iniciaría sin pausa. A cada frase, a cada palabra.

Los actores podrían no ser necesariamente actores de teatro. Tendrían que leer siempre el libro en voz alta y clara, mantenerse con todas sus fuerzas, exentos de todo recuerdo de haberlo leído alguna vez, en la convicción de no conocer nada de él, y esto cada noche.

Los dos protagonistas de la historia ocuparían el lugar central de la escena junto a las candilejas. Habría siempre una luz vaga, excepto en esta zona, el lugar de los protagonistas, donde la luz sería violenta e igual. Alrededor, las formas vestidas de blanco, dando vueltas.

Él no puede dejarla dormir. Ella está en la casa, encerrada con él en su casa. Durante el sueño es cuando a veces esta idea acude a su mente.

Ella ya está acostumbrada. Ve que él intenta no gritar. Dice:

—Si usted quiere, puedo irme. Volver más tarde. O nunca. Es mi contrato: quedarme ahí o marcharme, es igual.

Ella se levanta, dobla las sábanas. Él llora. Los sollozos no son contenidos, son sinceros, como si saliera de un gran daño que le hubieran hecho. Ella se reúne con él junto a la pared. Lloran. Ella dice:

—Usted no sabe lo que quiere.

Ella le observa existir en esta incoherencia anonadante que le hace como un niño. Ella se acerca a él como si compartiera su sufrimiento, él la reconoce mal, de pronto. Ella dice:

—Hoy le deseo mucho, es la primera vez.

Ella le dice que vaya. Venga. Le dice que es puro terciopelo, un vértigo, pero también, no vaya a pensar, un desierto, algo maléfico que conduce además al crimen y a la locura. Ella le pide que vaya a ver aquello, que es algo infecto, criminal, un agua turbia, sucia, el agua de sangre. Que un día tendrá que hacerlo, aunque sea una vez, hurgar en ese lugar común, que no podrá evitarlo toda la vida. Que sea más adelante o esta noche, ¿cuál es la diferencia?

Él llora. Ella vuelve hacia la pared.

Lo abandona a sí mismo. Se coloca la seda negra, lo mira a través de ella.

Él espera a que ella se duerma. Y luego, con frecuencia, lo hace, va hacia la parte cerrada de la casa. Vuelve con un espejo en la mano, va hacia la luz amarilla, se mira. Hace muecas, y luego se acuesta, se duerme en seguida, con la cabeza vuelta hacia fuera, sin moverse en absoluto, por temor, sin duda, a que ella se acerque más. Lo ha olvidado todo.

Excepto aquella mirada de hace algunos días, no se sabe nada, nada se produce excepto los movimientos del mar, esos tráficos de la noche, los llantos.

Duermen dándose la espalda.

Ella es quien generalmente cae primero en el sueño. Él la mira alejarse, partir hacia el olvido de la habitación, de él, de la historia. De toda historia.

Esta noche ella llama a alguien de nuevo, siempre con aquella palabra, alcanzada, herida, que significa no se sabe qué, que es acaso un nombre como un sonido, a la vez oscuro y frágil, una especie de gemido.

Esta noche, aún más tarde, hacia la madrugada, cuando él cree que ella está dormida, también él le habla de lo que pasó la otra noche.

Dice:

—Tengo que decírselo, es como si usted fuera responsable de esta cosa interna que hay en usted, de la que usted no sabe nada, y que aterra porque coge y transforma más allá de sí, sin apariencia alguna de estar haciéndolo.

Ella no dormía.

Dice:

—Es cierto que soy responsable de este estado astral de mi sexo al ritmo lunar y sangrante. Ante usted igual que ante el mar.

Se acercan, casi hasta tocarse. Vuelven a dormirse.

Antes de aquella noche, entre las demás noches, no lo había visto nunca. Ella no puede cansarse de verlo. Le dice:

—Le veo a usted por primera vez.

Él no lo comprende, de pronto desconfía y ella, ella lo prefiere así. Le dice que es bello de un modo como nada en el mundo es bello, ningún animal, ninguna planta. Que podría no estar ahí. No haber aparecido en la cadena de la vida. Que se desea besar sus ojos, su sexo, sus manos, mecer su infancia hasta liberarse de ello uno mismo. Dice:

—En el libro se escribirá: El pelo es negro y los ojos son de la tristeza de un paisaje de noche.

Ella lo mira.

Le pregunta qué le ha sucedido.

Él no comprende la pregunta y esto la hace reír, a ella. Ella lo deja así, en una leve inquietud. Y luego lo abraza y él llora. Cuando lo miran muy intensamente, llora. Y ella llora de verlo.

Él descubre que no sabe nada de ella, ni su nombre, ni su dirección, ni lo que hace en la ciudad donde la ha encontrado. Ella dice: Es demasiado tarde ahora para saberlo, saberlo o no sería lo mismo.

Ella dice:

—Ahora soy como usted, estoy saliendo de un prolongado y misterioso sufrimiento del que no conozco el motivo.

Bajo la luz amarilla, el rostro desnudo.

Ella habla de aquella cosa interna. Dentro de esta cosa interna hace el calor de la sangre. Quizá sería posible fingir que fuera un lugar distinto, ficticio, deslizarse en él, lentamente, deslizarse hasta el calor de la sangre alcanzado, permanecer ahí, y esperar, nada más, esperar, ver llegar.

Ella repite: Venir una vez para ver. Que sea ahora o más tarde, no podrá evitarlo.

Él oye que quizá ella esté llorando. Soporta mal que ella llore, la deja.

Ella se vuelve a colocar la seda negra sobre el rostro.

Se calla.

Entonces, cuando ella deja de preguntar, él va hacia el sexo quieto. Ella separa las piernas para que él se coloque en su hueco.

Él está entre las piernas separadas.

Pone la cabeza sobre la apertura que cierra la cosa interna.

Está con el rostro contra el monumento, ya sumido en su humedad, casi en sus labios, casi en su aliento. Con una docilidad que hace brotar las lágrimas permanece largo rato ahí, con los ojos cerrados, sobre el llano del sexo abominable. Entonces ella le dice que él es su verdadero amante, por aquello que le dijo, que él no quería nunca nada, que su boca estaba tan cerca, que era insostenible, que tenía que hacerlo, amarla con la boca, amarla como ella amaba. Ella, ella ama a quien la hace gozar, grita que le ama, que lo haga, que para ella él es cualquiera, como ella para él.

Ella grita de nuevo cuando él ha separado el rostro.

Deja de gritar.

Él se refugia junto a la pared, cerca de la puerta. Dice:

—Hay que dejarme, todo es inútil. No podré nunca.

Ella se tiende, el rostro contra el suelo. Grita de ira, reprime sus deseos de pegar, luego deja de gritar, llora. Y después se duerme. Él la despierta, le pide que diga lo que piensa. Ella piensa que es demasiado tarde ya para que se separen.

Se vuelve. Él mira la pared. Ella dice:

—Quizá pueda vivirse el amor así, de un modo horrible.

Ella duerme bajo la seda negra hasta pleno día.

Por la mañana ella va hacia la pared. Y sigue durmiendo toda la noche. Él no la despierta. No le habla. Ella se marcha cuando se levanta el día. Las sábanas están dobladas. La luz encendida. Él duerme, no la oye marchar.

Él se queda en la habitación. El miedo, de pronto, de ser abandonado.

Hay tormenta. Él se queda allí, no apaga la araña, permanece en la luz.

La noche de este día ella no está ahí. La hora de su llegada ha pasado. Él no duerme. La espera para matarla, así cree, con sus manos, matarla.

Ella llega en plena noche, muy tarde, es casi el alba. Dice que llega tarde debido a la tormenta. Se dirige hacia la pared del mar, siempre a aquel mismo lugar. Cree, sin duda, que él no duerme. Tira la ropa al suelo, como hace de costumbre, siempre con este precipitarse hacia el sueño. Se coloca en las sábanas, se vuelve hacia la pared. De un golpe cae, duerme.

Cuando ella se ha dormido es cuando él le habla. Le dice que la echará antes de que termine el plazo que había sido previsto. Ella no lo oye, se diría; no oye nada.

Él llora.

Él no llora excepto cuando ella está ahí, en este lugar que es sólo suyo y ella ha invadido. Él no llora excepto en este caso; en el caso de que ella esté no queriendo él que estuviera, a no ser que él lo ordenara. Muy pronto el llanto se convierte en algo sin razón de ser, al igual que el sueño. Él llora como ella duerme. A veces ella, ella llora durante la noche, sin ruido.

Una vez se ha dormido, oculta entre las sábanas, él ha sentido sin duda deseos de servir a aquella mujer, de ir a ver el interior de la cavidad caliente de sangre, de gozar de ella con un goce irregular, indigno. Pero para hacer esto hubiera sido necesario que ella estuviera muerta, y él había olvidado matarla.

Él le dice que ha mentido respecto a las razones de su retraso. Esta palabra sigue acudiendo a su boca: mentir. La prueba está en que ella duerme. Él puede hablar, desde luego, ella duerme, miente como mienten las demás mujeres, duerme.

Él grita: mañana dejará la habitación para siempre. Quiere estar tranquilo. Tiene más cosas que hacer que de policía en su propia casa. Cerrará la puerta y ella no volverá a entrar.

Apagará las lámparas para que crea desierto el lugar. Le dirá: No merece la pena venir, nunca más.

Él cierra los ojos. Intenta oír, ver: la habitación está oscura. No se filtra luz alguna por debajo de la puerta. Ella llama, él no contesta, entonces ella le grita que abra. Ella no sabe su nombre, pide que le abran la puerta. Soy yo, abra. Él puede imaginársela sola por la ciudad o entre las gentes que pasan; lo ha hecho ya, la ha imaginado ya, cuando acude, por ejemplo, y es oscuro. Pero no puede imaginarla delante de la puerta cerrada. Inmediatamente lo sabría, ella. Es así, comprende en seguida que la puerta cerrada es una ficción. Sin duda lo sabría en cuanto viera que ya no hay luz.

Él se equivoca. Vuelve a empezar: No, ella no gritará, se irá sin haber llamado a la puerta. Y para no volver. El gesto de matar, de abandonar para siempre, de irse para siempre, en caso de que se produjera, lo haría ella. Al mirarla dormir, de pronto, él lo sabe: es un ser que no vuelve porque es alguien que cree lo que le dicen. Por lo mismo duerme, lo cree.

Él duerme largo rato. Cuando se despierta, es avanzada la mañana. Pleno sol. Se ve por los recortes de la puerta, se filtra su espuma, de un brillo de acero.

Ella no está ya en la habitación.

La debilidad nauseabunda, de pronto, hasta en la cabeza, pero particular, personal. La desgracia; pero tal como él la ha creado. Conoce su economía, su materia.

Él apaga la araña de luz amarilla. Se tiende en el suelo de la habitación, varias veces se duerme, se despierta, no va a comer a la cocina de la casa cerrada. No abre la puerta, se queda en la habitación. Vigila la habitación, la soledad.

Cuando se acerca la hora de su llegada decide que ella tendrá que marcharse pero por sí misma, que por sí misma tendrá que comprender que él no le puede ordenar nunca nada.

Le gustaría hablar con alguien. Pero no hay nadie, ella no está ahí para hablar. El sufrimiento es claro, esparcido por la habitación, la cabeza, las manos, el sufrimiento priva de fuerzas, calma la soledad, la deja ahí, pensando que va quizá a morir.

Junto a la pared, las sábanas que ella ha doblado. Ella las ha colocado con cuidado en el suelo como lo haría una invitada. Él se dirige hacia las sábanas dobladas, las desdobla y se cubre con ellas: el frío de pronto.

Por la noche ella llama a la puerta que ha quedado abierta.

No se sabría, dice el actor, respecto a los protagonistas de la historia, quiénes son ni por qué.

A veces, para poder mirarlos, se los abandonaría a sí mismos, en el silencio, durante un largo rato: en torno a ellos, los actores parados, sin voz, y ellos en la luz, sorprendidos por ese silencio.

Con frecuencia ella duerme. Él la mira.

A veces, con los movimientos del sueño, sus manos se tocan pero para alejarse inmediatamente.

Estarían cegados por la luz, estarían desnudos, sexos desnudos, criaturas sin mirada, expuestas.

Durante las noches siguientes, nada acontece excepto el sueño. Se va hacia un cierto olvido de los acontecimientos del verano.

A veces, en la distracción, los cuerpos se acercan y se tocan y se produce un leve despertarse pero inmediatamente cubierto por el sueño. En cuanto se han tocado, los cuerpos dejan de moverse. Esto hasta que uno de ellos se vuelve y se aleja. Pero nada claro sucede. Nunca una mirada. Una palabra.

A veces hablan. Lo que dicen no se relaciona en absoluto con lo que sucede en la habitación, excepto que no dicen nada de la habitación.

A veces ella se vuelve, se defiende de una amenaza exterior, del grito de un animal, del viento contra la puerta, de su boca pintada, de la dulzura de su mirada. Siempre vuelve a dormirse. A veces, hacia el alba, alcanzaría estratos de ausencia más profundos. Apenas la respiración permanece a veces. A veces se diría un animal dormido junto a sí.

Por la mañana, él la oye marchar. Pero también apenas. No se mueve. Podría creerse que se encuentra en aquella misma ausencia aplastante de la mañana.

Y ella, ella hace como si fuera verdad que él duerme.

A veces puede decirse que no acontece nada excepto esta mentira.

Llegada la noche, ella está ahí a la hora pactada, el cuerpo tendido sobre las sábanas blancas, desnuda, bajo la luz de la araña.

Se hace la muerta, el rostro abolido bajo la seda negra. Es lo que él cree los días malos.

Sin duda es todavía de noche. Ninguna claridad llega aún de fuera. En torno a las sábanas blancas, el hombre que anda, que da vueltas.

El mar ha llegado delante de la habitación. No debe de estar lejos de la mañana. El mar insomne es el que está ahí ahora, muy cerca de las paredes. Es, desde luego, su rumor, aminorado, exterior, el que lleva a morir.

Ella ha abierto los ojos.

No se miran.

Esto dura desde hace varias noches.

Ninguna definición exterior se propone para enunciar lo que están viviendo. Ninguna solución para evitar el sufrimiento.

Ella duerme.

Él llora.

Él llora sobre una imagen lejana de la noche de verano. Él la necesita, necesita su presencia en la habitación para llorar al joven extranjero de los ojos azules pelo negro.

Sin ella en la habitación la imagen seguiría estéril, desecaría su corazón, su deseo.

El cuerpo, no lo había visto. Sólo que vestía de blanco, una camisa blanca.

Pálido, estaba pálido, venía del Norte, del país secreto.

Alto.

La voz, él no sabe.

Deja de moverse. Reconstruye el trayecto desde el parque del hotel hasta la ventana del hall.

Escucha, los ojos cerrados. Oye el grito. Sigue sin captar ninguna palabra a través de él, ningún sentido. Cuando abre los ojos es ya demasiado tarde, el cuerpo de los ojos azules avanza en silencio hacia la ventana abierta.

A ella no le habla de él. No se le ocurre. No habla de su vida. Nunca se le ha ocurrido que pudieran hacerlo. Las palabras no están ahí, ni la frase para colocar en ella las palabras. Para que ellos digan lo que les sucede existen el silencio o bien la risa, o, a veces, por ejemplo, además, llorar.

Ella le mira. Es así como le ve durante su ausencia, tal como está ahí. Lleno de imágenes mudas, ebrio de sufrimientos diversos, del deseo de volver a encontrar un objeto perdido, tanto como de comprar uno que aún no tiene y que de pronto se convierte en su razón de ser, este traje, este reloj, este amante, este coche. Dondequiera que esté, haga lo que haga, siempre un desastre para él solo.

Ella puede mirarle largo rato, noches enteras. Se da cuenta de que tiene los ojos abiertos. Él le sonríe como si estuviera desenmascarado en cierto modo, contrito, sin dejar la interminable excusa de vivir, de tener que hacerlo.

Ella le habla para complacerle.

Le dice que vive en la ciudad durante el verano. Que

vive no lejos de allí, en una ciudad universitaria, aquella en que nació. Que es provinciana.

Le gusta mucho el mar, sobre todo esta playa. Aquí ella no tiene casa. Vive en un hotel. Lo prefiere. En verano es mejor. Por la limpieza, los desayunos, los amantes.

Él empieza a escuchar. Es un hombre que escucha todo lo que se dice con la misma pasión. No puede comprenderse por qué hasta este punto. Pregunta si ella tiene amigos. Los tiene, sí, aquí y también en aquella ciudad donde vive en invierno. ¿Son amigos de toda la vida? Hay algunos que lo son, pero por supuesto sobre todo son personas que conoció en la universidad. ¿Porque ella está en la universidad? Sí. Hace ciencias. Es también profesora interina de ciencias, sí. Ella cuenta. Él dice que había comprendido que tenía estudios superiores. Ella ríe. Él ríe, confuso por haber captado hasta qué punto su connivencia es grande. Luego, bruscamente, él ve que ella ha dejado de reír, que lo deja, que lo mira como si fuera adorable, o estuviera muerto. Y luego ella vuelve. Permanece en su mirada un resplandor del extravío por el que acaba de pasar en su presencia.

No hablan de aquel miedo. Ella sabe menos que él que algo ha sucedido. Permanecen mucho rato lejos el uno del otro, intentando recuperar lo que ha sucedido cuando se han mirado, este pavor del que aún no tienen conocimiento.

A él le gusta la idea de la locura debido a la cual ella vino a vivir a la habitación y aceptó el dinero. Sabe que ella es rica, sabe detectar estas cosas. Le dice que si él se lanzara a amar, sería debido a ello, sobre todo, debido a su riqueza, a su locura.

Como réplica a todas estas frases, una noche ella descubre en sus muñecas las delgadas huellas de cuchillas de afeitar. Él no lo ha mencionado nunca. Ella llora. No lo despierta.

Al día siguiente ella no va a la habitación. No vuelve hasta el otro día. No dicen nada de esta ausencia. Él no le hace preguntas. Ella no habla de nada.

Ella volverá a la habitación como hacía de costumbre antes de descubrir huellas en los brazos.

El ruido del mar se ha alejado. Falta aún bastante para el día.

Ella se despierta, le pregunta si todavía es de noche. Él dice que sí, que aún lo es. Ella mira largo rato a aquel hombre que duerme mal, lo sabe. Dice: He vuelto a dormir demasiado.

Dice que, si quiere, puede hablarle mientras ella duerme. También puede despertarla si lo desea para que escuche lo que él dice. Ya no está cansada como lo estaba en los tiempos del café de la orilla del mar. Si también lo desea, mientras duerme, puede también besarle los ojos, las manos, como aquella vez en el café. Cuando se duerma de nuevo, avanzada la noche, él lo hará.

La seda negra se habrá deslizado y su rostro estará desnudo bajo la luz. Él tocará sus labios con los dedos, también los de su sexo, besará sus ojos cerrados, el azul que huye bajo los dedos. Tocará también ciertas puertas de su cuerpo, infectas y criminales. Cuando ella se despierte, le dirá:

—He besado sus ojos.

Ella se acostará de nuevo, volverá a ponerse la seda negra sobre la cara. Él se tenderá junto a la pared y esperará el sueño. Ella repetirá la frase que ha dicho con la dulzura de él, su entonación: He besado sus ojos.

A mitad de la noche, ella está como asustada. Se endereza, dice que un día rebasarán el número de noches previstas y no lo sabrán. Él no oye. Cuando duerme, no oye. Ella se tiende de nuevo, le cuesta volverse a dormir.

Le mira, le mira, infinitamente, y le habla y llora de escuchar lo que le dice, este amor.

Él anda por la habitación alrededor de las sábanas blancas, junto a la pared. Le pide que no duerma. Que se quede desnuda, sin la seda negra. Anda alrededor del cuerpo.

A veces, permanece con la frente pegada a la pared fría, donde azota el poderoso mar.

Ella pregunta qué oye a través de la pared. Él dice:

—Todo. Tanto gritos como golpes, estallidos, voces.

Él oye también Norma. Ella estalla de risa. Él deja de andar. La mira reír, le maravilla esta risa. Se acerca a ella y se queda allí mirándola reír, pero reír, reír, embarcar toda su historia en una risa loca.

Ella le pregunta: Pero ¿quién canta Norma? Él dice que la Callas, que no hay como ella para cantar Bellini. Ella le pregunta: Pero ¿dónde se canta Norma a las cuatro de la mañana en este lugar? Él dice que se trata de gente que está en un coche a la orilla del mar, que ella sólo tiene que escuchar. Ella escucha y vuelve a reír: No hay nada. Entonces él le dice que si quiere escuchar Norma, la cosa es posible, que hay un tocadiscos en casa. Ella le deja ir. Él ha vuelto a cerrar la puerta y poco después la habitación estaba llena de la voz de la Callas.

Él vuelve. Cierra la puerta tras de sí. Dice: Nunca me había atrevido a imponérsela.

Cuando escucha Norma, ella besa sus manos, sus brazos. Él la deja hacer.

De pronto, brutalmente, se va de nuevo hacia la casa y para el disco. Sale.

Está en la terraza. La luna ha desaparecido. El cielo no tiene nube alguna, podría creerse que es azul. Hay marea baja, la playa está descubierta mucho más allá de las escolleras del canal, se ha convertido en una amplia zona abandonada, surcada de lagos, de agujeros. La gente entregada a aquellos tráficos anda generalmente por la orilla del mar, hombres sobre todo. Algunos, en cambio, pasan cerca de la pared de la habitación. No miran. Durante mucho tiempo no supo de esos tráficos, creía que aquellas personas iban a hacer un trabajo nocturno en las pesquerías de los alrededores, en mercados. Él se había ido de aquella ciudad muy joven, a una edad en que aún no podía saberlo. Había permanecido mucho tiempo ausente. Hacía poco que había vuelto a vivir allí, apenas unos meses. Se había ido regularmente de allí. Siempre por motivos sentimentales. Y hasta ahora había vuelto siempre. Como sólo tenía aquella casa, nunca había buscado otro lugar donde volver a vivir.

Recuerda: cuando está lejos de aquí, nunca mira el mar, ni siquiera cuando lo tiene allí, a su puerta.

No hace nada. Es alguien que no hace nada y cuyo estado de no hacer nada ocupa la totalidad de su tiempo. Quizá ella lo sabe, que él no trabaja. Un día le dijo que en esta ciudad había muchas personas que no trabajaban, que vivían de alquilar mansiones veraniegas.

Gente que pasa, siempre: unos van a la ciudad, andan en dirección a la desembocadura del río, son los que regresan. Otros se dirigen hacia el laberinto de piedras, de moles oscuras. Andan como los que vuelven, sin mirar nada, sin ver nada.

A lo lejos, hacia el norte, se distingue el lugar de las moles de piedras del resto del horizonte. Está al pie de una colina calcárea, un amontonamiento oscuro. Recuerda, había casetas de baños hundidas, un fuerte alemán caído de los acantilados.

En la habitación ella está sentada bajo la araña de luz amarilla. A veces, como esta noche, cuando vuelve de la terraza, él ha olvidado que aquella mujer está en la habitación.

Recuerda que aquella noche ella se había retrasado algo respecto al horario habitual. No le habla de ello. Le preocupa, no porque él haya olvidado hacerle aquella observación, sino más bien para que aquel olvido no adquiera una importancia que podría eventualmente tener más tarde, a lo largo de los días siguientes, cuando él llegara a creer que se ha lanzado a amarla.

Ella está erguida en la luz de la araña, vuelta hacia la puerta. Lo mira avanzar por la habitación como cada día, con la misma emoción de la primera vez en aquel café de la orilla del mar. El cuerpo está desnudo, las piernas largas y delgadas son las de un adolescente, la mirada vaga, de una increíble dulzura. Tiene las gafas en la mano, la ve mal.

Él dice que estaba a la orilla del mar contemplando aquel tráfico como si se tratara de un libro que ella hubiera escrito. No se había marchado. No volvería a marcharse como hacía. No había vuelto a pensar en marcharse desde hacía ya varios días.

Era con ella en la habitación como había adquirido la costumbre de ir a la terraza por la noche y de mirar el mar.

Se callan juntos como hacen con frecuencia, mucho rato.

Ella es quien habla, quien se inquieta debido al silencio.

Es verdad, no se oye nada más, ni siquiera ese ruido habitual del mar y del viento mezclados. Él dice: El mar está muy lejos, casi liso, es cierto. Nada más.

Ella mira a su alrededor. Dice: Nadie puede saber lo que sucede en esta habitación y nadie puede decir tampoco lo que sucederá en ella más adelante. Dice que ambas cosas son igualmente aterradoras para la gente que les mira. Él se sorprende: ¿Quién les mira? Los habitantes de la ciudad, ven desde luego que la casa no está vacía. A través de las cortinas cerradas ven luz y se preguntan. ¿Qué se preguntan? Si habría que avisar a la policía. La policía pregunta: ¿Por qué motivo están ustedes ahí? Y ellos no encuentran ningún motivo. Ahí está.

Él dice: Un día dejaremos de conocernos. Muy pronto la casa se quedará vacía, se venderá. Yo no tendré hijos.

Ella no le escucha, habla por su lado. Dice:

—Quizás alguien ajeno podría llegar a saber lo que está sucediendo en la habitación. Alguien que sencillamente les mirara dormir y que sabría, partiendo del sueño, de la postura de los cuerpos, si las personas de la habitación se han amado.

Cree también que es demasiado tarde, que duermen demasiado rato cada día. No dice con qué objeto, puesto que no esperan nada. Dice otras muchas cosas: dice que necesitan tiempo para pensar en ellos mismos, en sus destinos.

Quisiera que él le recordara lo que dijo hace un rato, cuando se despertó. A veces habla medio dormida y recuerda mal lo que ha dicho al despertar. Pero entonces recuerda claramente una voz de mujer que se parecía a la suya, y una frase complicada, dolorosa, arrancada a su propia carne, que ella no había comprendido del todo y que la había hecho llorar.

Ella recuerda lo que ha dicho mientras dormía. Hablaba del tiempo que pasa en la habitación. Le gustaría mucho saber cómo expresar aquel deseo de retener junto a sí el tiempo que pasa, rostro junto a rostro, cuerpo junto a cuerpo, abrazados. Dice que habla de aquel tiempo pasado entre las cosas, entre las personas, aquel que los demás desecharon, sin que tenga importancia para ellos, esas gentes perdidas. Pero dice que es tal vez por no hablar por lo que se crea este tiempo que ella intenta recuperar.

Llora. Dice que lo más terrible es el olvido de los amantes, de esos jóvenes extranjeros de ojos azules pelo negro. Él se queda inmóvil, mirando a otro lado. Ella se tiende, se cubre con las sábanas y, su rostro, lo oculta con la seda negra. Recuerda que desde luego debe de tratarse del tiempo que pasa en aquel extraño discurso que a veces la despierta.

Ella charla.

Por la noche, con frecuencia, lo hace. Él escucha con atención todo lo que ella cuenta. Esta noche, ella dice que cuando se separen no recordarán ninguna noche en particular, ninguna palabra, ninguna imagen separada de las demás, palabras, de las demás imágenes. Que tendrán un recuerdo fijo del vacío de la habitación, del teatro de luz amarilla, de las sábanas blancas, de las paredes.

Él se tiende muy cerca de ella. No le hace preguntas. Ella está de pronto muy cansada, al borde de las lágrimas. Él dice: Tendremos también un recuerdo de la seda negra, del miedo, de la noche. Dice: Del deseo también. Ella dice: Es cierto, de nuestro deseo el uno del otro, con el que nada hacemos.

Dice: Hemos mentido. No queremos saber qué sucede en la habitación. Él no pregunta por qué está tan cansada.

Ella se vuelve sobre sí misma. Se estira cual larga es pero se queda así, sin abordarle, el rostro aún bajo la seda negra.

Dice que esta noche ha estado con un hombre antes de ir a su casa, que ha gozado mucho de ese otro hombre, con el deseo que ella tenía de él y que esto la ha cansado.

Durante un largo rato ella no sabe nada de él. Y luego él habla. Pregunta cómo era aquel hombre, su nombre, su goce, su piel, su verga, su boca, sus gritos. Hasta el alba sigue preguntando. Sólo al final, el color de sus ojos. Ella duerme.

Él la mira. En la masa ensortijada de cabellos, en la profundiad del brillo negro, de los destellos rojizos que recuerdan los de las pestañas. Y los ojos de pintura azul. Y de la cabeza a los pies, aquella paridad del cuerpo partiendo del eje de la nariz, de la boca, en el cuerpo todo entero aquella repetición, aquella repetición idéntica de las cadencias y de la fuerza y de la fragilidad. La belleza.

Él le dice que es bella. Bella rebosando el límite de lo que nunca ha visto. Le dice que la primera noche, cuando apareció por la puerta de la habitación, había llorado por ello. Ella no quiere saberlo, no oye lo que dicen de esta calamidad.

Él le recuerda que hace tres días ya llegó tarde respecto al horario habitual. Le pregunta si fue aquel hombre la causa. Ella intenta recordar. No, no era él. El día que dice, él la había abordado en la playa. Era hoy cuando habían ido a la habitación del hotel por primera vez.

A partir de esta noche ella llegará más tarde de lo debido. Espontáneamente no dice por qué ha llegado tarde. Él tiene que preguntárselo, entonces ella lo dice. Es debido a aquel hombre, lo ve por la tarde, están juntos hasta la hora del contrato, la hora en que ella acude a esta habitación para pasar la noche. Aquel hombre sabe que él existe, le ha hablado de él. También él goza violentamente del deseo que ella siente por otro hombre.

Cuando ella le habla de este hombre, sus ojos le miran siempre. Muy a menudo ella habla desde el umbral del sueño.

Cuando se duerme, él lo sabe por su boca que se entreabre, sus ojos que dejan de temblar bajo los párpados y que súbitamente se hunden hacia el envés del rostro. Entonces él hace que se incline suavemente hacia el suelo, en el campo de su mirada. Ella duerme. Él mira. Desliza la seda negra, contempla el rostro. El rostro, siempre.

Esta noche, la pintura de ojos ha sido devorada por los besos del otro hombre. Las pestañas están desnudas, tienen el color de la paja rojiza. Hay ligeras contusiones en los senos. Tiene las manos abiertas, están ligeramente sucias, su olor ha cambiado.

Aquel hombre existe como ella dice.

Él la despierta.

Le pregunta a la vez de dónde viene, quién es, su edad, su nombre, su dirección, su profesión.

Ella no dice nada. Ni de dónde viene. Ni quién es. Ni su nombre.

Se ha terminado. Él no insistirá. Habla de otra cosa.

Dice: En su pelo, en su piel, hay un nuevo perfume, difícil decir de qué.

Ella baja los ojos para decirlo. No es sólo el perfume de ella, es también el del otro hombre. Si él lo desea, ella acudirá trayendo en ella sólo el perfume de aquel hombre, mañana, si lo desea. Él no dice si lo desea.

Una noche le pregunta por qué fue ella a su mesa en el café de la orilla del mar. Por qué aceptó el contrato de las noches blancas.

Ella piensa. Dice:

—Porque desde que usted entró en aquel café, en el estado en que estaba, con aquel dolor tranquilo, recuerda, tenía usted deseos de morir, y quise morir también yo de este modo teatral y externo. Quería morir con usted. Me dije: Poner mi cuerpo junto a su cuerpo y esperar la muerte. Como usted imagina, sin duda, arrastro una educación que hubiera debido hacerme pensar que usted era un sinvergüenza y que yo debía tener miedo de usted, pero usted lloraba, yo sólo vi eso y me quedé. Por la mañana, en aquella carretera nacional, cuando usted dijo que quería pagarme, fue cuando le miré de pies a cabeza. Vi la ropa de payaso y el khol azul alrededor de sus ojos. Entonces supe que no me había equivocado, que le amaba porque, al contrario de lo que me habían enseñado, usted no era ni un sinvergüenza ni un asesino, usted había salido de la vida.

Él cree percibir en su sonrisa el tirón de las lágrimas, la ausencia y, en la mirada, la nueva hipocresía, aquella que llega quince días después del comienzo de las cosas. Le aterra.

Ella dice:

—No le conozco a usted. Nadie puede conocerle, ponerse en su lugar, usted no tiene lugar, no sabe dónde encontrar un lugar. Por ello yo le quiero y usted está perdido.

Ella cierra los ojos. Dice:

—En esta casa, a la orilla del mar, usted está perdido como un pueblo sin descendencia. En aquel café vi que usted deseaba tener esta reputación, este estatuto, me quedé con usted en un momento de mi vida —en el núcleo de mi juventud— donde me hallaba como si ese pueblo extraviado fuera también el mío.

Ella se para, le mira, luego le dice que durante las primeras horas de su encuentro supo que se había lanzado a amarle del mismo modo que se sabe que se ha empezado a morir.

Él pregunta si ella está acostumbrada a la muerte.

Ella dice que cree que sí, que es aquello a lo que uno se acostumbra mejor. Dice:

—Después, al final de la noche, es ya demasiado tarde para negarme. Ha sido siempre demasiado tarde para dejar de amarle. El dinero, usted cree, debía confirmar la muerte y usted me pagó para eso, para que no le amara. Y yo, a través de todas estas estratagemas sólo he visto que usted es aún joven y sus historias de dinero no han servido para nada.

Él quiere saber de aquel hombre de la ciudad.

Ella le dice: Se ven por la tarde en una habitación de hotel que él ha alquilado para que se encuentren a lo largo del día. Se quedan juntos en esta habitación hasta la hora del contrato. A veces él no acude y entonces sucede que ella se duerme, ésta es la causa de sus retrasos, él es quien la despierta en general, si él no está, ella no se despierta. A veces, además, al salir de la habitación va directamente a aquel hotel y se queda allí hasta el día siguiente.

Ella le comunica que ha dimitido de su puesto de profesora. Él le grita. Especie de imbécil, de loca, le dice. No soy yo quien va a mantenerla, no cuente con ello. Ella se ríe mucho y él acaba por reír con ella.

Él está tendido junto a ella. Ella está bajo la seda negra con los ojos cerrados. Ella acaricia los ojos, la cavidad de los ojos, la boca, los pómulos, la frente. Busca como ciega otro rostro, a través de la piel, los huesos. Habla. Dice que vivir este amor es tan terrible como vivir la inmensidad hindú. Y grita.

Aparta las manos del rostro del hombre de la habitación como si se hubiera quemado, se separa de él, va a lanzarse junto a la pared del mar. Grita.

Está sollozando. Está frente a la pérdida que en este momento descubre de toda razón de vivir.

La cosa sucede con la subitaneidad de la muerte.

Llama a alguien con voz muy baja, sorda, llama como en su presencia, como lo haría con un muerto, de más allá de los mares, de los continentes, con el nombre de todos ellos llama a un solo hombre con la sonoridad central de la vocal sollozada de Oriente, aquella que salió del fondo del hotel des Roches al final de aquel día de verano.

Llora lejos de él, de este hombre, fuera de su hecho, más acá de toda historia, llora la historia que no ha existido.

El hombre se ha convertido en el hombre de la habitación. Está solo. Primero, cuando ella ha gritado, él no la ha mirado, se ha enderezado para marcharse, para huir. Y luego ha oído el nombre. Entonces, muy lentamente, ha vuelto junto a ella. Ha dicho:

—Es curioso, yo intento recordar en su lugar, como si fuera posible, me parece poder hacerlo, recuperar las circunstancias, el lugar, las frases... Y a la vez sé que es imposible, porque... algo semejante, tan terrible, sería extraordinario que lo hubiera olvidado.

Es como si él no hubiera hablado. Ella permanece apartada de él, con el rostro cara a la pared, ella le dice que se vaya. Le pide que vaya a la casa, que la deje sola.

Durante todo un día ella se queda en la habitación.

Cuando él vuelve a la habitación, ella está en el marco de la puerta abierta, vestida de blanco.

Ella sonríe, dice:

—Es el horror.

Él pregunta qué es el horror. Ella dice:

—Nuestra singular historia.

Él le pregunta qué le ha sucedido. Ella dice que era su rostro el que acariciaba, el de él, pero que, sin duda, sin darse cuenta, sin saberlo, había buscado otro rostro distinto al suyo. Que de pronto ese otro rostro había estado bajo sus manos.

Las razones que ella da, él no las retiene. Ella dice:

—No comprendo, fue como una aparición, por eso tuve tanto miedo.

Dice que ellos dos son lo mismo que si los hubieran retenido juntos en un libro y que al acabar el libro fueran entregados a la disolución de la ciudad, de nuevo separados.

Hablará del incidente con ligereza. Dirá:

—Esto hubiera podido suceder fácilmente lejos de aquí, hace años, en un país extranjero, durante un verano deslumbrante, como para usted aquellas penas mortales de las vacaciones que le hacían llorar; hubiera podido quedar olvidado hasta el punto de no soñar más con ello, nunca, nunca, y volver de pronto a estar al alcance con la fuerza de una primera vez, de un amor loco, súbito.

Él dice que empieza a olvidar los ojos del joven extranjero de ojos azules pelo negro. Al despertar, a veces, duda incluso de si la historia ha existido. Como aquel rostro que ella buscaba sin saberlo, el del joven extranjero debe de ocultar otro para él, pero futuro. Dice que el rostro ciego que aún recuerda le parece ahora hostil, brutal.

Ella le dice que desde siempre fue sin duda a él a quien ella quiso amar, a un falso amante, a un hombre que no ama.

Él dice:

—Antes de conocerme era, pues, ya a mí.

—Sí, como un papel en el teatro, antes incluso de saber que usted existía.

Él siente cierto pavor. No le gusta que le hablen de eso, de ciertas cosas. Dice que ellos han hablado de lo que no conocen. Ella no está segura. Dice:

—Usted se equivoca. Tal vez no es verdad. Todo se sabe de un determinado modo, todo, y yo oigo a todo el mundo. Fíjese en la muerte, qué bien la conocemos.

Él permanece mucho rato inmóvil en la luz amarilla, en la aterradora sonoridad de las palabras. Le dice que se acerque más a él. Ella lo hace, se tiende muy cerca de él pero sin tocar su cuerpo en absoluto. Él pregunta si es el rostro de alguien que ha muerto, el que ella encontró bajo su mano.

Ella tarda en contestar. Dice que no, sin duda no.

Él quisiera que ella fuera hacia la luz. Ella no puede ir todavía, le pide que la deje. Él no la deja, le pregunta y ella contesta:

—¿Por qué gritó usted?

—Porque creí en un castigo del cielo.

Duermen, se despiertan, él vuelve a preguntar de nuevo cómo era aquel amor, cómo se vivía. Ella dice:

—Como un amor que tiene un principio y un fin, inolvidable cuando se olvida, no sé más.

Ella dice que deberían llegar a vivir como lo hacen, con el cuerpo cansado en un desierto; en el espíritu, el recuerdo de un solo beso, de una sola palabra, de una sola mirada para todo un amor.

Ella duerme.

Él dice: Fue una noche de una excepcional suavidad, ni un soplo de viento, toda la ciudad estaba fuera, sólo se hablaba de la tibieza del aire, una temperatura colonial, Egipto en primavera, las islas del sur del Atlántico.

Había gente que contemplaba el crepúsculo, el hall parecía una jaula de cristal situada en el mar. En el interior, había mujeres y niños; ellas hablaban de la noche de verano, decían que era muy rara, tres o cuatro veces cada temporada quizá, y, además, que había que aprovecharla antes de morir porque no se sabía si Dios haría que vivieran veranos tan hermosos.

Los hombres estaban fuera, en la terraza del hotel, se les oía tan claramente como a las mujeres del hall, también ellos hablaban de los veranos pasados. Las frases eran las mismas, las voces también, eran igualmente ligeras y vacías.

Ella duerme.

—Atravesé el parque del hotel, me acerqué a una ventana abierta, quería ir a la terraza con los hombres, pero no me atreví, me quedé ahí mirando a las mujeres. Era hermoso, aquel hall situado en el mar ante el centro del sol.

Ella se despierta.

—Poco después fue cuando llegué junto a la ventana y le vi. Sin duda había entrado por la puerta del parque. Vi entonces que había llegado a la mitad de su travesía del hall. Se detuvo a algunos metros de mí.

Él sonríe, intenta burlarse, pero le tiemblan las manos.

—Fue entonces cuando sucedió. Ese amor del que no le he hablado, entonces. Fue entonces cuando vi para siempre a un joven extranjero de ojos azules pelo negro, aquel por quien quise morir aquella noche en su presencia, en el café de la orilla del mar.

Él sonríe, se burla, pero sigue temblando.

Ella le mira, repite las palabras sólo por decirlas: Un extranjero de ojos azules pelo negro.

Ella sonríe, le pregunta: ¿Aquel del que me ha hablado, aquel que se fue con la mujer vestida de blanco?

Él lo confirma: Así es.

Ella dice:

—Aquella noche yo pasé por el hall, pero unos minutos, para reunirme con alguien que tenía que marcharse de Francia.

Ella recuerda el ruido de las mujeres del hall, ciertas palabras dichas en la excepcional suavidad de aquella noche de final de verano.

Pero, de la noche en sí, ella no se acuerda.

Lo intenta. Sí, recuerda el asombro general ante la extrañeza de una noche de la que se hablaba como de algo que hay que fijar fuera de la muerte para más adelante poder contarlo a los niños. Y también que ella hubiera sido partidaria de ocultar aquella noche de verano, de convertirla en cenizas.

Ella calla durante mucho rato. Llora.

Dice que recuerda sobre todo el cielo rojo, a través de las cortinas echadas de la habitación del hotel des Roches donde hacía el amor con un joven extranjero que no conocía, que tenía los ojos azules y el pelo negro.

Él llora a su vez. Se calla. Se aleja de ella.

Ella dice que hay muchos extranjeros que en verano vienen a este balneario para aprender francés, que siempre tienen el pelo negro y a veces los ojos azules. Añade: Y la tez mate como ciertos españoles, ¿se ha fijado usted? Él se ha fijado, sí.

Le pregunta si en determinado momento de la noche, cerca de ella, en el hall hubo, aunque durante muy poco tiempo, apenas algunos segundos, otro hombre muy joven vestido de blanco; otro extranjero de ojos azules pelo negro. Ella pregunta:

—¿Dice usted de blanco?

—No estoy seguro de nada, me parece, de blanco, sí. Bello.

Ella le mira, es ella quien pregunta:

—¿Quién es?

—No lo sé. Nunca lo he sabido.

—¿Y por qué tendría que ser extranjero?

Él no contesta. Ella llora, le sonríe entre las lágrimas.

—¿Para que se haya ido para siempre?

—Probablemente.

Él sonríe también entre lágrimas.

—Para desesperar todavía antes.

Lloran. Él pregunta a su vez:

—¿Y también él se ha ido en realidad?

—Sí. Para siempre, también él.

—Vivió usted una aventura.

—Permanecimos tres días enteros en aquella habitación del hotel des Roches. Y luego llegó el día de su partida, ese día de verano que usted dice, del que no vi nada excepto aquellos pocos minutos del hall. Yo había sido la primera en bajar de la habitación y él tenía que reunirse conmigo. Llegamos tarde.

Él vacila. Le pide que se lo diga. Ella le dice:

—No. Le gustaba estar con mujeres.

Él pronuncia la frase de predicción:

—Pronto o tarde habría venido a nosotros, todos vienen, basta esperar el tiempo que haga falta.

Ella sonríe, dice:

—Él no se hubiera quedado en la habitación.

Él cierra los ojos. Dice que vuelve a ver el hall a la luz del verano. Pregunta:

—No quería dejarla ¿no?

—No, no quería. No quería.

—El crimen del que usted hablaba, ¿era éste?

—Era éste.

—Su separación.

Ella no lo mira. Dice: Sí. Dice:

—¿Por qué?... Vaya usted a saber... Yo no sé. No sé todavía, quizá no lo sepa ya nunca. La belleza quizá, era sorprendente, increíble. También estaba esto, aquella belleza profunda que parecía tener un sentido, como siempre la belleza, cuando desgarra. Al contrario de lo que se podía creer, él era del norte. De Vancuver. Judío, creo. Estaba abierto a la idea de Dios.

Ella dice: Quizá la idea de la felicidad, el espanto.

Dice: O quizá la idea del deseo, demasiado fuerte, terrible.

Él le pregunta:

—A veces, durmiendo, usted pronuncia como un nombre, una palabra. Es hacia la madrugada, hay que estar muy cerca de su rostro para llegar a oírlo. Es apenas una palabra, pero podría creerse que recuerda a aquella que una vez gritó en el hotel.

Ella le habla de aquella palabra. Aquella palabra era un nombre con el que ella le había llamado y él, a su vez, le había llamado a ella, aquel último día. Era, en realidad, el nombre de él pero deformado por ella. Ella lo había escrito aquella misma mañana de cara a la playa vaciada por el calor.

Ella le había contemplado dormir. Era alrededor del mediodía, lo había despertado para que la poseyera de nuevo. Él había abierto los ojos, no hizo ni un gesto. Fue ella quien lo poseyó, ella se hizo penetrar, ella misma, por él, mientras que debajo de ella él estaba muerto de dolor por tener que dejarla. Y había sido entonces cuando la había llamado con su propio nombre, aquel de Oriente por ella deformado.

Habían ido a la playa una última vez. Luego no habían sabido qué hacer hasta la hora de la partida.

Él había vuelto a subir a la habitación a recoger las maletas. Ella no había querido volver allí. Era posible que él la hubiera llamado en aquel momento, por temor a que escapara del hall antes de que él volviera a bajar.

Ella recuerda el alarido que llegaba del fondo del hotel. Sintió, realmente, deseos de huir en aquel último momento y fue aquel alarido lo que la retuvo en el hall.

Él pregunta si él lloraba. Ella no lo sabe, no lo miraba ya, quería perderlo.

Luego llegó la hora.

—Lo acompañé al avión. Son costumbres internacionales.

—¿Qué edad?

—Veinte años.

—Sí.

Él la mira. Dice: Como tú. Dice:

—Los primeros días, dormía mucho en la habitación. Era debido a él, y yo no lo sabía y la despertaba.

Hablan aún durante largo rato. Ella dice:

—Con su nombre yo he hecho una frase. En esta frase se trata de un país de arena. De una capital de viento.

—Usted no la dirá nunca.

—Los demás la dirán por mí más adelante.

—¿Qué quiere decir la palabra en la frase?

—¿La igualdad de los destinos ante su sueño, quizá, aquella mañana? ¿Ante la playa, ante el mar, ante mí? No lo sé.

Se callan de nuevo. Él pregunta:

—¿Esperó usted, a pesar de todo, una carta donde dijera que volvía?

—Sí. Yo no sabía ni su nombre ni su dirección, pero él sabía el nombre del hotel donde estuvimos. Yo avisé al hotel por si llegaba una carta con aquella palabra en el sobre. No hubo nada.

—Usted lo hizo todo para morir.

Ella le mira, dice:

—No podíamos hacer otra cosa. Yo incluso fui a su casa para morir más.

Él le pide que diga la palabra. Le escucha decirla con los ojos cerrados. Pide que la diga otra vez y otra vez, ella se la dice a él y él sigue escuchándola. Llora. Dice que fue ella la que gritó en el hotel. Reconoce la voz como si acabara de oírla. Ella no lo desmiente. Dice: Como usted quiera.

Él sigue con los ojos cerrados ante el joven extranjero de ojos azules pelo negro. Dice que no comprende la palabra, que él pensaba que aquella palabra no quería decir nada hasta este momento en que acaba de oírla como la oyó el joven extranjero de ojos azules pelo negro en la habitación del hotel des Roches donde estaba con una mujer.

Ahora ella recuerda bien el verano, aquella noche, aquellas jaulas de luz abiertas de par en par a lo largo del mar y de pronto mudas ante la belleza de las cosas.

Él le pide que no se ponga la seda negra sobre el rostro esta noche porque querría mirarla.

Él mira dormir a la que fue penetrada por el joven extranjero de ojos azules pelo negro. Llegada la mañana, habla de su sueño, quisiera soñar con ella, no sueña nunca con una mujer, no recuerda ningún sueño, por insípido y pobre que sea, en el que se mezcle una mujer.

Los días son más cortos, las noches más largas, llega el invierno. Durante las horas próximas a la salida del sol, el frío empieza a penetrar en la habitación, apenas aún, pero cada día. Él ha ido a buscar mantas a la casa cerrada.

Hoy hay temporal, el ruido del mar está muy cerca. Marea viva que se encarniza contra el muro de la habitación. El todo de la habitación, del tiempo, del mar se ha convertido en historia.

Él habla de dejar Francia, de ir al extranjero, a un país cálido. Teme el invierno en Francia. Volvería al año siguiente en verano.

Ella dice que cada vez que él habla de marcharse ella oye los perros de la muerte en el interior de su cabeza y en torno a la casa.

Le pregunta: Al extranjero, ¿para qué? Él no lo sabe, quizá para nada, quizá un libro. Quizá encontrar a alguien. Espera como un último encuentro antes de morir.

Ella duerme. Le habla cuando duerme.

Ella está tendida junto a él en el suelo, duerme. Él dice:

—No sé nada de lo que usted piensa. No puedo imaginar que sufrirá por lo que yo digo. No digo nada. Nunca digo la verdad. No la conozco. No digo nada para hacer sufrir. Es después, cuando usted sufre, cuando me da miedo lo que he dicho.

Titubea y luego la despierta. Dice:

—No merece la pena contar las noches que quedan. Habrá sin duda más antes de nuestra separación.

Ella lo sabe: incluso cuando sea la última noche, no merecerá la pena señalarlo, porque será el comienzo de otra historia, la de su separación.

Comprende mal lo que ella dice, nunca tuvo historias sino muy cortas, sin mañana. La historia del joven extranjero de ojos azules pelo negro es la más larga, a medida que pasa el tiempo, pero si la conserva es debido a ella. Ella cree que él se equivoca, que las historias se viven también sin que se sepa, que se encuentran ya en el fin del mundo, donde los destinos se borran, donde se sienten como personales, ni siquiera, quizá, como humanas. Amores de colectividades, dice ella. Esto podrá deberse a la alimentación y a la uniformidad del mundo.

Ellos ríen. Verse reír les vuelve locos de alegría.

Ella le pide que la avise cuando un día se lance a amarla y a saberlo, si alguna vez sucede. Después de haber reído, lloran juntos como cada día.

Cuando ella se va, el sol se precipita, estalla en la habitación. Cuando ella cierra la puerta, la habitación cae en la oscuridad, y él entra ya en la espera de la noche.

Ella llega esta noche más tarde que de costumbre.

Dice que hace frío, que la ciudad está desierta, que el cielo está claro, lavado por la tempestad, casi azul. No dice por qué llega tarde. Callan durante mucho rato, tendidos el uno junto al otro. Ella de nuevo junto a la pared. Y él, de nuevo, la lleva hacia el centro de la habitación, al lugar de la luz teatral.

Ella se ha quitado la seda negra.

Habla del otro hombre. Dice:

—Le he visto esta mañana en el hotel, al salir de aquí. Sabía que esta noche dormía en el hotel. Me lo había dicho. Me esperaba. La puerta estaba abierta. Él estaba de pie en el fondo de la habitación con los ojos cerrados, me esperaba. Yo fui quien fue hacia él.

Él abandona el centro de luz amarilla, se aleja de ella, hacia la pared. Se queda con los ojos bajos para no verla. Los dos permanecen sin una mirada del uno al otro, en la fricción instintiva de la mayor indiferencia. Él espera, ella sigue hablando:

—Me ha preguntado si había pasado algo entre usted y yo. He dicho que no, que mi deseo de usted seguía aumentando pero que no se lo decía porque usted experimentaba una gran repugnancia por este deseo. De pronto estaba en sus manos. Dejé que hiciera lo que quisiera.

Dice que el hombre gritaba, que estaba perdido, que sus manos se habían vuelto brutales tocando el cuerpo. Que el goce había sido perder en ello la vida.

Se calla. Él dice:

—Voy a marcharme.

Ella no contesta. Ha vuelto a su lugar de dormida bajo la luz. Se ha vuelto a colocar la seda negra sobre el rostro. No ha pedido disculpas.

Él sigue junto a la pared. No se mueve. No se acerca. Ella debe de pensar: Voy a marcharme despedida para siempre. Él le dice que se cubra con las sábanas blancas, que no quiere ver. La mira cubrirse. Ella hace como si no le viera. Él le pide que le mire. Ella mira.

Mira la habitación a través de la seda negra, sin posar los ojos, como se podría mirar el aire, el viento. Habla del otro hombre. Dice que fue en la playa donde vio a aquel hombre por primera vez, la primera noche en que vino, que se vieron, sin más. Que en seguida había vuelto a verlo en las cercanías de la casa. Dice que aun sin conocerse las personas que se entregan a aquellos tráficos se reconocen. Él había acudido primero para verla. Y luego, una noche la había abordado. Él no sabía que ella pasaba por la playa para venir. Ella dice que no siempre. Generalmente viene por las callejuelas de detrás de la avenida, pero de todos modos se vuelve hacia la playa al llegar. Dice: Para verla. Dice:

—Esta noche hay muy pocas personas pasando debido al viento frío, sin duda, y a acontecimientos.

No dice cuáles. Se ríen.

¿Sabe ella qué sucede por las moles de piedras, a partir de ahora, cuando hace ese tiempo, frío, viento? Sí. Lo sabe desde la salida de la ciudad. Dice: Antes de haberme enterado de lo que pasaba por la noche, por aquella parte de la playa, no sabía, por decirlo así, nada. Lo que allí sucedía, casi cada noche, era lo que haría que un día ella escribiera. Dice que aunque aquel conocimiento no apareciera con claridad en la lectura de los libros que escribiera, sería a través de aquello por lo que los libros querrían decir algo y deberían ser leídos.

Ella había oído hablar de aquellos tráficos cuando era joven. Las chicas de la clase hablaban de las moles de piedra y de las personas que iban allí por la noche. Algunas chicas habían ido para que los hombres las tocaran. Muchas no se atrevían, por temor. Las que habían ido, una vez de regreso, no podían ser como las que lo ignoraban. Ella había ido también una noche, tenía trece años. Allí nadie se hablaba, las cosas se hacían en silencio. Junto a las moles de piedras había cabinas. Estaban pegados a las paredes de las cabinas el uno frente al otro. Había sido muy lento, él había penetrado primero con los dedos, luego con la verga. En el deseo, él hablaba de Dios. Ella había forcejeado. Él la había sujetado entre sus brazos. Le decía que no tuviera miedo. Al día siguiente ella había sentido la tentación de hablar a su madre de su visita a aquellas personas del paso. Pero durante la cena le pareció que ella no tenía que saber nada ya respecto a su hija. La hija no ignoraba hasta aquel momento que su madre conocía la existencia del lugar. Hablaba de él, en efecto, una vez dijo que había que evitar ir por aquel lado de la playa llegada la noche. Lo que no sabía la hija antes de aquella noche era si aquella mujer había, también ella, cruzado el ecuador de la otra vertiente. Fue por la mirada de la madre a la hija, aquella noche, por aquel silencio entre ellas, por aquella risa oculta, que atravesaba la mirada de connivencia inmensurable, por lo que lo supo. Eran las mismas respecto al punto de lo que sucedía en aquel lugar de la noche.

Cada noche ella lleva su cuerpo a la habitación, se quita la ropa, se coloca en medio de la luz amarilla. Se cubre el rostro con la seda negra.

Cuando se supondría que ella se ha dormido es cuando él mira lo que el otro hombre ha hecho en su cuerpo: con frecuencia heridas, pero muy ligeras, involuntarias. Ese día el perfume es muy fuerte, está modificado por el olor del sudor, el del cigarrillo y el del maquillaje. Él levanta la seda negra. El rostro está deshecho.

Besa sus ojos cerrados. No vuelve a colocar la seda negra.

Ella se vuelve hacia él, se diría que va a mirarle pero no, no abre los ojos, se vuelve.

Durante la noche, lejos aún del día, durante el tráfico aquel de las personas de la playa, ella le pregunta algo que deseaba preguntarle desde hace ya varias noches.

—Usted quería decir que pagar el tiempo pasado en la habitación era pagar tiempo perdido. ¿Perdido por una mujer?

Él lo recuerda mal primero, luego da con ello.

—Tiempo perdido por el hombre también; tiempo que no servía de nada para el hombre.

Ella le pregunta de qué habla. Él dice:

—Como usted, de nuestra historia, de la habitación.

Dice: La habitación no sirve para nada, todo está inmóvil en la habitación.

Él debe de equivocarse. Él no ha debido de pensar nunca que aquello pudiera servir para algo. ¿De qué hubiera servido? Ella dice:

—Usted ha dicho que la habitación era para obligar a permanecer en ella, junto a usted.

Él dice que era cierto cuando se trataba de jóvenes prostitutas, pero que ahora no era el caso.

Él no intenta ya comprender. Ella tampoco lo intenta.

Dice:

—Era también para obligarlas a marchar una vez transcurrido el plazo, a dejarle.

—Tal vez. Me equivoqué, no quería nada.

Ella le mira largo rato, y mediante la mirada lo toma, lo guarda en sí, encerrado hasta el dolor. Él sabe que le sucede eso. Y también que eso no le incumbe. Ella dice:

—Usted no ha querido nunca nada, quizá.

Él se siente de pronto interesado. Pregunta:

—¿Cree usted?

—Lo creo, nunca.

Es un hombre que no se da cuenta de quién habla, si de él o del otro, de quién contesta a las preguntas vengan de donde vengan, de él también.

—Es posible. Nunca nada.

Él espera, reflexiona, dice: Quizá lo que sucede es eso, que yo no quiero nunca nada, nunca.

De pronto ella ríe.

—Podríamos marcharnos juntos si quiere, yo tampoco quiero nada.

Él ríe como ella, pero con una especie de incertidumbre y miedo, como haría si acabara de escapar a un peligro o una suerte que no hubiera pedido y del que le hubiera sido imposible huir.

En el silencio que se crea a continuación es cuando ella lo dice. Dice que él es su amante: Usted es mi amante por el motivo que usted ha dicho, porque no quiere nada.

Él hace el movimiento brusco de protegerse la cara con la mano. Luego su mano vuelve a caer y los dos bajan los ojos, no se miran, el suelo, tal vez, el blanco de las sábanas. Están en el temor de que sus ojos se miren. No se mueven. Están en el miedo de que sus ojos se vean.

Ella escucha; algo llega de las moles de piedra y de la playa que está delante de la habitación. Se ha producido un silencio inhabitual. Recuerdan que un momento antes, unos diez hombres pasaron junto a las paredes. Y de pronto he aquí que estallan los silbatos, los gritos, los ruidos de persecución.

Él dice: La policía; hay perros.

Al azar de esta frase, la mirada de él pasa por ella. Sus ojos la miran durante un momento tan breve, por ejemplo, como el de la proyección de un estallido de cristal en el suelo de la habitación. Bajo esta mirada, los ojos se han quemado, huyen y se cierran. En el corazón el miedo se tranquiliza, va hacia el silencio.

Ella ha apartado el rostro, lo ha cubierto con la seda negra. Él la mira hacer. Dice:

—Usted ha mentido respecto al goce con aquel hombre.

Ella no contesta: ha mentido.

Él grita, pregunta cómo era el goce con aquel hombre.

Ella sale del sueño pero se queda con los ojos cerrados. Repite:

—De perder la vida.

Él no se mueve. Su respiración se para. Tiene los ojos cerrados para morir. Ella lo mira. Llora. Dice:

—Era un goce asfixiante.

La respiración vuelve. Él sigue sin decir nada. Ella dice:

—Como contigo.

Ella llora entre sollozos. Él extrae su propio goce de sí mismo. A petición suya, ella le mira hacer. Él llama a un hombre, le dice que venga, que venga junto a él en el momento mismo en que va a gozar con la sola idea de sus ojos. Como él, ella llama a aquel hombre, le dice que venga, ella se queda en dirección a su rostro, muy cerca de su boca, de sus ojos, ya en el aliento de sus gritos, de sus llamadas, pero sin tocarlo en absoluto, como si al hacerlo ella pudiera correr el riesgo de matarlo.

Una noche él descubre que ella mira a través de la seda negra. Que mira con los ojos cerrados. Que sin mirada mira. La despierta, le dice que tiene miedo de sus ojos. Ella dice que es de la seda negra de lo que tiene miedo, no de sus ojos. Y que además también tiene miedo de otra cosa. De todo. Quizá de eso.

Se aparta de él, y se vuelve hacia la pared del mar.

—Es como este ruido que se oye a través de la piedra, dicen que es el del mar, y, sin embargo, es el rumor de nuestra sangre.

Dice: A veces, en efecto, yo le miro a través del pañuelo negro, pero no es de eso de lo que usted habla. Lo que usted quiere decir, creo, es que no sabe cuándo lo hago porque mi rostro se ha convertido en una cosa indefinida, entre la seda y la muerte. Usted empieza a conocerlo y él ha empezado a perderse a sus ojos.

Dice: No es cuando tengo los ojos abiertos en dirección a su rostro cuando lo veo como usted teme que haga, es cuando duermo.

Ella ríe. Lo abraza y ríe.

Él dice:

—No es a él a quien ve por la noche en sus sueños.

La risa cesa. Ella lo mira como si lo hubiera olvidado de nuevo. Dice:

—Es verdad, no a él todavía. No es nadie concreto. Se tarda mucho en recobrar los sueños, las cosas importantes.

Ella le pregunta por sus noches, qué es de ellas. Él dice que es siempre igual, que remueve la tierra entera en busca de aquel amante. Pero como en su caso, de noche, no aparece todavía. Él le pregunta si ha empezado a olvidar. Ella dice:

—Quizá los rasgos de la cara, pero ni los ojos, ni la voz, ni el cuerpo.

Y él, ¿empieza él a olvidar?

No. Él dice: Se trata de una imagen fija que permanecerá hasta su marcha.

> Ella está tendida en el oro de la luz amarilla, dice el actor, derecha, los senos sobresalientes del cuerpo, bellos, de mármol blanco.
>
> Si ella hablara, dice el actor, diría: Si nuestra historia se representa en un teatro, de pronto un actor

llegaría al borde del río, de la luz, muy cerca de usted y de mí, que estoy a su lado. Pero sólo le miraría a usted. Y sólo hablaría para usted. Hablaría como usted hubiera hablado si hubiera tenido que hacerlo, lentamente y sin destellos, como si leyera literatura, en cierto modo. Pero una literatura de la que se distraería siempre debido a que tendría que concentrarse en ignorar la presencia de la mujer en escena.

La tempestad se ha dormido con el viento. El mar está lejos, los tráficos han empezado. Esta noche hay algunos jinetes.

Desde que ella está ahí, cada noche él sale de la habitación, va a la terraza y mira. A veces baja a la playa.

Se queda allí hasta que aquellos tráficos se extinguen.

Cuando vuelve, ella no duerme. No da noticias. El viento ha cesado y esta noche algunos jinetes han pasado junto al mar. Ella conoce a los jinetes. Prefiere a ellos los hombres en filas, ellos van ahí con un motivo tan inevitable como su destino. Los jinetes no forman parte de los tráficos.

Se ponen a llorar. Los sollozos salen de su cuerpo. Se diría que han bebido. Ella está junto a él, casi pegado a su piel. Viven una felicidad que aún no conocían. La de estar juntos ante la tempestad inmóvil. Y también la de reír y llorar. Él quisiera que ella llorara como él llora. Quisiera que los sollozos salieran de su cuerpo sin saber por qué, llora mientras se lo pregunta. Se diría que ha bebido. Ella llora a su vez y ríe con él por su pregunta. Él descubre que no ha llorado lo suficiente hasta este momento en su vida. Ha sido necesario que se encuentren para que ello sea posible.

Ella dice que ya no son tan desconocidos el uno para el otro, ahora que él ha hablado del llanto. Se tiende.

Lloran como si se amaran. Él dice que eso le ayuda a soportar su presencia en la habitación, esa idea, de una mujer que espera a un hombre de la ciudad.

Durante el espectáculo, diría el actor, una vez, lentamente, la luz descendería y la lectura cesaría.

Los actores abandonarían el centro de la escena y volverían al fondo de ésta, donde estarían las mesas, las sillas, los sillones, las flores, los cigarrillos, las botellas de agua. Primero se quedarían allí, sin hacer nada, cerrarían los ojos, la cabeza reclinada en el respaldo de la butaca, o fumarían, o harían ejercicios respiratorios, o beberían un vaso de agua.

Tras haberse cubierto el cuerpo con un traje, los dos protagonistas se quedarían inmóviles y silenciosos, igual que los actores.

Muy pronto una inmovilidad total se apoderaría de ellos, de la escena que se ha vuelto azul —de ese azul lechoso del humo del cigarrillo en la penumbra. Se trataría de un descanso, de un recuperar las fuerzas mediante la inmersión en el silencio. Tendría que dar la impresión de que se oye todavía la historia, si bien ha dejado de ser leída. La amplitud de este silencio es lo que debería servir para medir el alcance de la lectura que acaba de realizarse tanto en su enunciado como en su audición.

Durante cinco minutos la escena permanecería paralizada en el sueño, estaría ocupada por personas dormidas. Y ese sueño mismo sería lo que se convertiría en espectáculo. Se oiría una música, sería clásica, se la reconocería porque se habría oído ya antes del espectáculo y aún antes. En la vida. Estaría lejos, no generaría silencio, todo lo contrario.

La vuelta a la representación se produciría a partir del momento en que aumentara la luz, acabara la música. Los actores serían los últimos en aparecer ante nosotros, lo harían lentamente.

En la terraza. No hace frío.

El cielo está cubierto de una bruma espesa. Está más claro que la arena, que el mar. El mar está todavía en la oscuridad, está muy próximo. Lame la arena, traga, es dulce, fluvial.

Él no lo ha visto llegar.

Es un barco de recreo, blanco. La cubierta está iluminada y vacía. El mar está completamente en calma, las velas plegadas, la disminución del motor es muy suave, tiene la ligereza de un sueño. Él avanza hacia la playa, va delante del barco. Lo ha visto de pronto, como si saliera de la oscuridad, no lo ha visto hasta encontrarse delante de él.

No hay nadie, excepto él, en la playa. Nadie más ve el barco.

El barco se vuelve y pasa junto a su cuerpo, es como una caricia infinita, un adiós. Transcurre mucho rato hasta que el barco llega al canal. Él vuelve a la terraza para seguirlo mejor con los ojos. No se pregunta qué hace ese barco ahí. Llora. Cuando ha pasado, se queda allí llorando el duelo.

El joven extranjero de ojos azules pelo negro se ha ido para siempre.

Mucho después vuelve a la habitación. Él quisiera de pronto no volver nunca a ningún sitio. Se queda con el cuerpo junto a la pared exterior de la casa, agarrado a las piedras, creyendo que es posible que él no vuelva nunca a ningún sitio. Vuelve.

Desde que cruza la puerta, el perfume del otro hombre.

Ella está allí, en sus propias tinieblas, sumida en aquel olor, por él privada de amantes.

Él se tiende junto a ella, derrengado de pronto, y luego deja de moverse. Ella no dormía. Ella le coge la mano. Sin duda casi no le esperaba pero sufría, retiene la mano. Él se la deja. Desde hace algunos días su mano no se aparta cuando ella la coge. Ella dice que creía que estaba en la terraza, que no se había marchado lejos de la casa como la otra noche. Dice que esta noche ella no lo hubiera buscado, lo hubiera dejado marchar, morir también, no dice por qué. Él no intenta comprender lo que ella dice, no contesta. Permanece despierto mucho rato. Ella lo ve dar vueltas por la habitación; él intenta huir, morir. La ha olvidado. Ella lo sabe. Cuando ella se va de la habitación, él se ha dormido en el mismo suelo.

Si ella hablara, dice el actor, diría: Si nuestra historia se representara en un teatro, un actor iría a la orilla de la escena, a la orilla del río de luz, muy cerca de usted y de mí, vestiría de blanco, se hallaría en un estado de concentración muy grande, interesado por sí mismo en el grado máximo, tenso respecto a la sala como hacia sí mismo. Se presentaría como el hombre de la historia, el hombre, se diría, en su ausencia central, su irreversible exterioridad. Miraría, como usted tiene tendencia a hacer, hacia el exterior de las paredes, como si ello fuera posible, siguiendo la dirección de la traición.

Él está en la terraza. El día empieza apenas.

A la orilla del mar, aquellos tráficos.

Él no ha hablado del barco blanco.

Las personas que pasan gritan palabras breves con voz aguda, son palabras repetidas por algunos, luego abandonadas, advertencias sin duda, consignas de prudencia. La policía hace sus rondas.

Después de los gritos queda sólo el rumor de la noche.

Él vuelve a la habitación. Ella estaba ahí, detrás de la espesura de las paredes. Olvida casi su existencia cada vez que él vuelve del mar.

A lo lejos, en el sueño, ella ha debido de oír que alguien abría la puerta, el hundimiento del rumor. Ella debe de oír ahora que la cierran muy suavemente, luego que andan, el ruido de pasos en el suelo, y que se sientan junto a la pared, debe de captarlo también. Queda apenas el ahogo ligero que sucede al esfuerzo. Luego nada más excepto el rumor de la noche amortiguado por las paredes.

Tal vez no duerma. Él no quiere despertarla, lo evita, la mira. El rostro está al abrigo, bajo la seda negra. Sólo el cuerpo desnudo está en la luz amarilla, mártir.

A veces, alrededor de esta hora, con la llegada del día, de improviso acontece la desgracia. Él la descubre bajo la luz amarilla y quiere golpear el cuerpo que duerme con un sueño falso, que descubre cómo hacer para desobedecerle y robar el dinero.

Él se acerca a ella, mira el lugar de la frase que le haría matarla, allí, en la base del cuello, en las redecillas del corazón.

La frase se referiría al barco, fuera cual fuera su significado llamaría a la muerte.

Él se tiende junto a ella. La seda negra se ha caído sobre el hombro. Los ojos se abren, los ojos se vuelvan a cerrar, ella vuelve a dormirse. Los ojos se abren ciegos, durante un largo instante, mas para nada, para volver a cerrarse de nuevo y reemprender el viaje hacia la muerte.

Y luego, al final de la noche, los ojos han permanecido abiertos.

Ella no dice la frase que él espera para matarla. Se viste y escucha. Pregunta: ¿Qué es lo que se oye?

Él dice que es el ruido del mar y el del viento que chocan, que son ecos de cosas humanas nunca oídas aún, de risas, de gritos, llamadas que habrían sido lanzadas de una orilla a otra del tiempo, cuando no se sabía nada, y que, esta noche, alcanzarían la playa que está ahí, delante de la habitación.

Esta historia no le interesa. Ella vuelve a dormirse.

Es evidente que ella no ha visto el barco. No ha oído su ruido. Lo ignora todo del barco porque sencillamente dormía cuando pasó. Tanta inocencia hace que le coja la mano y que la bese.

Ella ignora que se ha convertido en la que no sabe del barco. Sin embargo, advierte ya algo respecto a la irrupción del barco en su vida. Por ejemplo, ella no mira su mano cuando él la besa.

Esta noche se dormirá en cuanto llegue.

Él no la desligará de su sueño, lo dejará estar. No le preguntará si ha vuelto a ver al hombre de la ciudad otra vez, sabe que ha vuelto a verlo. Lo sabe siempre debido a ciertas pruebas, la frescura de ciertos cardenales en los senos, los brazos, el envejecimiento del rostro, su dormir sin soñar, su palidez. Por aquel cansancio invencible del final de la noche, aquella desolación, aquella tristeza sexual que hace que los ojos lo hayan visto todo del mundo.

Él ha dejado la puerta abierta. Ella dormía, él se ha ido, ha atravesado la ciudad, la playa, el puerto de yates del lado de las piedras.

Vuelve en mitad de la noche.

Ella está ahí, junto a la pared, vestida, está lejos de la luz amarilla, vestida para irse. Llora. No puede dejar de llorar. Él dice: La he buscado por la ciudad.

Ella tiene miedo. Lo ha visto muerto. No quiere volver a la habitación.

Él se acerca a ella, espera. La deja llorar como si él no fuera la causa de su llanto.

Ella dice: Ni siquiera de estas tristezas, de estos amores de los que dice que le matan, sabe usted nada. Dice: Saber de usted no es saber de nada en absoluto. Ni siquiera de usted mismo sabe usted nada, ni si tiene sueño o si tiene frío.

Él dice: Es cierto, no sé nada.

Ella repite: Usted no sabe. Saber como usted es salir a la ciudad y creer siempre que se volverá. Es hacer muertos y olvidar.

Él dice: Es verdad lo de los muertos.

Dice: Ahora yo soporto su presencia en la habitación incluso cuando grita.

Se quedan allí, callándose, largo rato mientras llega el día y, con él, el frío penetrante. Se cubren con las sábanas blancas.

Ella le dice que el otro hombre le hace preguntas también sobre la habitación. Dice: Yo, como contrapartida, se las hago igualmente, le pregunto cómo se explica que usted sepa tan poco de usted mismo. Que ignore hasta este punto lo que hace, y por qué lo hace. Por qué me ha introducido en esta habitación. Por qué quiere matarme, si esta idea le da tanto miedo. Me ha dicho que no tenía importancia, que todo el mundo era más o menos como usted. Que lo único grave era yo frente a usted.

Ella le había dicho que también podía desear a aquella clase de hombres; que sentía menos deseo de ellos que de los otros hombres, pero que quizá el amor era más solo, más puro y estaba más al abrigo de otros deseos, de ocasionales errores. Que aquella desgracia de ser repulsiva se hacía posible en determinadas circunstancias de la vida, aquéllas, precisamente, de la pasión que la había arrebatado aquel verano.

La ira ha desaparecido. Sus manos se levantan hacia su rostro y lo acarician. Ella ha vuelto a colocarse la seda negra de la paz. Dice:

—Si no hubiera vuelto usted yo me habría ido de nuevo con la gente de las moles de piedra, por la noche, para estar con ellos, ir sin saber, volver de igual modo. Mirarles poner su verga en la mano de la niña y llorar con los ojos cerrados.

Ella dice:

—Nada puede llegar del exterior de usted y de mí para enseñarnos.

—¿Ningún conocimiento, ninguna ignorancia?

—Ninguna. Hay personas así, cerradas, que no pueden aprender de nadie. Nosotros, por ejemplo, no podemos aprender nada, ni yo de usted ni usted de mí, ni de nadie, ni de nada, ni de los acontecimientos. Verdaderas mulas.

Sea cual sea el número de siglos que ocultará el olvido de sus existencias, esta ignorancia habrá existido como es ahora, en este momento mismo, en esta fecha, a esta luz fría. Ellos la descubren, están encantados.

Y también que dentro de mil años hará mil años que este día ha existido día por día. Que esta ignorancia de la tierra toda respecto a lo que puedan haber dicho hoy ellos estará fechada. Sin palabras, sin tinta para escribirla, sin libro para leerla, fechada. También por ello están encantados.

Ella dice: Así todo lo que hay está ahí, en la habitación. Indica con la mano boca abajo el suelo de baldosas, las sábanas, la luz, los cuerpos.

Duerme con un sueño de juventud obstinado y soberano.

Se ha convertido en la que no sabe que el barco ha pasado.

Él piensa: Como mi hija.

A veces levanta la seda negra de encima del rostro. El cuerpo apenas se mueve, teniendo la certeza de que lo hace pero sin llegar a levantar el sueño.

Sobre el rostro la salpicadura casi borrada de los colores veraniegos. Él mira. Mira bien, como cada tarde. A veces cierra los ojos para alejar la imagen, fijada en la fotografía de vacaciones con otros. Pero sin duda es demasiado tarde para aislarla de su vida junto a él.

Sólo en la habitación, la despoja ágil y lentamente de las sábanas blancas. Separada de ella, la forma de la extranjera sentada en el suelo, con la cabeza sobre los brazos doblados. Los brazos ocultando los ojos. Cerca de ella su forma, tendida, lejos de las sábanas, lejos de ella. Hasta el día permanecen así entre llantos, sueño, risas y de nuevo llantos, la vida, la muerte.

Ella dice: Esta dificultad que tiene usted ha estado siempre en mi vida, inscrita en lo más profundo de mi goce con los demás hombres.

Él le pregunta de qué habla. Ella habla de aquella imposibilidad, de aquel asco que ella le inspira. Dice que aquel asco de ella misma, lo comparte con él. Y luego que no, no es el asco. No, el asco es inventado.

Ella cree que es lo que ha sucedido en la habitación como hubiera podido suceder en otra parte, aquel acontecimiento universal que no pueden conocer, que no conocerán nunca, lo que quedaría oculto por sus semejanzas con otras cosas pero tan de cerca que nadie, con toda certeza, había podido aislar su existencia en tanto que dato general del hombre.

¿Todos los hombres?, pregunta él.

Todos. Y ella añade: Tiene usted razón.

Él está tendido en el charco de las sábanas blancas, en el centro de la habitación. A su vez ella lo mira. Le llama. Lloran. La calma vuelve sobre el mar, en la estancia. Ella dice que le quiere más allá de él mismo, que no debe tener miedo.

Él le pregunta si ha vuelto a ver al hombre de la ciudad.

Ha vuelto a verlo.

Es un hombre que va a esos bares que abren a última hora de la tarde, no tienen ventanas, las puertas están cerradas, hay que llamar para entrar. Eso es lo que sabe de aquel hombre, que debe de ser rico, que tampoco él trabaja. Van a la habitación que está en el piso, la que está reservada sólo para hombres.

A veces también ella va a una habitación alquilada por él en un hotel. Se queda allí hasta la noche y vuelve una vez pasada la noche. Dice que se ha despedido del hotel donde vive habitualmente, durante el verano, que eran demasiados sitios. Dice:

—Resulta que me equivocaba.

Él no se ríe.

Ella se ha quitado la seda negra. Miran su cuerpo. Ella ha olvidado que es suyo, lo mira como lo hace él.

Él pregunta sobre el otro hombre.

Ella dice que también pega. Miran los lugares de su cuerpo que el otro ha golpeado. Ella dice que él la ama y la insulta con las mismas palabras; que los hombres lo hacen así con frecuencia, que ella se lo pide. Pero que no es que se produzca siempre con una semejanza análoga. Dice: Entre él y tú. Él le pide que repita los insultos. Ella lo hace. Su voz pretende ser neutra, objetiva. Él pregunta qué más dice. Ella repite:

—Dice que nada es comparable a ello. En nada y en su totalidad.

Él pregunta de qué habla él de aquel modo. Ella dice: De la cosa interna. Es lo que él piensa, piensa que habla de eso. Él, este hombre de la ciudad, llama a la cosa interna el lugar del goce. Penetra con mucha sabiduría y locura, le gusta gozar. Amar, le gusta también con locura, igualmente. Es posible que experimente por ella un cierto sentimiento, fácil y sin mañana, pero no lo confunde con el deseo de su cuerpo. Nunca le habla de ello. En su lugar, dice que teme siempre por su belleza en aquella habitación sin sol de la que ella le habla, de que pierda el azul, fabuloso, dice, de sus ojos, la suavidad de su piel. Ella dice que a veces la pega por él, por el hombre que la espera en la habitación. Pero que es de ganas de gozar por lo que pega, de ganas de matar como es natural. Ella sabe que él va a las moles de piedra. Dice que en este momento da vueltas a su historia, que va a las moles de piedra a buscar niñas que le cojan la verga con las manos. Dice: Así va a cargarse de dolor para penetrarme por la tarde en la habitación del hotel.

Ella dice que le gustaría que a su vez él le hablara de las cosas que le pasan. Él dice que no le pasa nada. Nunca. Sólo la idea. Ella dice que es igual. Él no contesta, no sabe contestar.

Este hombre dice que lo que hace gozar es la cabeza genial, que sin ella el cuerpo no sabe.

Ella le dice que le da todo lo que acaba de contarle para que haga lo que quiera por la noche cuando esté solo.

Dice que los insultos que aquel hombre utiliza respecto a ciertas mujeres son algo así como una cultura profunda.

Él le pregunta qué prefiere, él no dice entre qué y qué. Ella dice:

—La repetición del insulto en el instante preciso en que ha sido proferido la primera vez, cuando la brutalidad aparece sin que se sepa aún qué será.

Ella enciende las lámparas de la habitación. Se acuesta por sí misma en el centro de la luz, en las sábanas que ha arrastrado. Se tiende, se cubre el rostro. Primero calla. Luego habla. Dice:

—No sabemos nada, ni usted ni yo. Lo que sabemos es que esta diferencia, este obstáculo que experimenta usted respecto a mí, está ahí para ocultar algo que se relaciona con la vida.

> Una noche a la orilla de la escena, del río, diría el actor, ella diría: Podría producirse como un cambio del equipo de actores, como sucede con el personal de los casinos, de los submarinos, de las fábricas. Este deslizamiento de actores se produciría con un movimiento silencioso, ligero. Los nuevos actores parecerían haber llegado por la tarde, no habrían sido vistos nunca todavía y todos se parecerían a aquel hombre, el protagonista.
>
> Ellos llegarían hasta ella, hasta su cuerpo acostado en las sábanas, como está ahora, con el rostro oculto bajo la seda negra. Y ella lo habría perdido, no lo reconocería ya en los nuevos actores y esto la desesperaría. Diría: Usted está muy cerca de una idea general del hombre, por este motivo usted se hace inolvidable, por este motivo me hace usted llorar.

Él duerme.

Desde hace unos días se entrega más fácilmente al sueño. La desconfianza es menor. Los primeros días, con frecuencia, iba a dormir a la casa cerrada. Ahora, de regreso de la terraza, llega a dormirse delante de ella, a no gritar cuando ella se acerca a él.

Él se despierta. Dice, como para excusarse:

—Estoy cansado, como si me estuviera muriendo.

Ella dice que no es nada, que es el vivir de noche, que cansa, que pronto o tarde habría que recuperar la luz del día, disminuir las horas de la noche.

Él la mira, dice:

—No lleva usted el pañuelo negro.

No, no se lo pone para mirarle mientras duerme.

Ella se tiende junto a él. Se han despertado los dos. Nada se toca, ni siquiera los dedos. Él pide que diga cómo era la verga del hombre de las moles de piedra. Ella dice que parecía un objeto del comienzo del mundo, burdo y feo, y que estaba petrificada en el estado de deseo, siempre llena y dura, molesta como una herida. Él pregunta si el recuerdo es doloroso. Ella dice que estaba hecho de un dolor muy vivo pero oscurecido por el goce, arrastrado por él en su oleada, convertido en goce a su vez. Pero separado, y distinto.

Él espera que ella se duerma. Acerca su cuerpo al de ella, lo pone junto a él. Ella abre los ojos solamente un momento, lo reconoce y vuelve a dormirse. Sabe que con frecuencia la mira, por la noche, para acostumbrarse. Sobre todo cuando vuelve de haber visto a aquel hombre de la ciudad, cuando duerme con un sueño exhausto.

A su lado su cuerpo es tibio. Se queda junto a ella, su cuerpo tocando el suyo, inmóvil, en beneficio propio. La tibieza se hace común, la piel, la vida interior.

Es un hombre que no se pregunta por qué, esta noche, puede soportar aquel cuerpo tan cerca del suyo. Que no se pregunta nunca el porqué de su estado, que espera llegar a ser, dormir, que espera igualmente la noche, el día, el placer. Que de pronto se halla encima de ella, sin haberlo decidido tal vez, distraído de sí mismo, fuera de sus muros.

Se volverá. Cubrirá su cuerpo con el suyo, lo llevará hacia él, en el eje del suyo, y lentamente se hundirá en el limo cálido del centro.

Allí permanece sin moverse. Esperará su destino, el deseo de su cuerpo. Esperará cuanto haga falta.

Mientras piensa en ello, la idea se declara, brutal, en un grito de agonía. Cesa. En la lenta recaída de su cuerpo a lo largo del suyo, el grito se inscribe, muy breve, detenido en la ira, degollado por ella.

Se quedará allí. Luego se volverá hacia la pared para siempre. Volverá a insultar. No llorará.

Ella se queda bajo la luz amarilla, no le mira, lo ha olvidado. Durante mucho rato callan.

Él dice que es ella quien tiene que decir por qué no es posible.

Ella no sabe ya cómo es posible. Dice que ya no tiene deseo de ningún hombre, que la deje.

Él dice: Es quizá este lugar, esta habitación la que se lo ha robado.

No, no es la habitación, ella no lo cree. Es Dios, cree ella. El que hace los campos de concentración y las guerras. Dice: Hay que dejarlo estar.

Ella le llama, llora.

Se levanta. Anda por la habitación.

Dice que quizá es el mar, que no los abandona, que está siempre ahí con su ruido, tan cerca a veces que es como para huir, que es aquella luz descolorida, funesta, aquella lentitud del día en vencer el cielo, aquel retraso que ellos viven respecto al resto del mundo con ese amor.

Ella mira la habitación a su alrededor, se pone a llorar. Debido a aquel amor, dice. Se para de nuevo. Dice que es terrible vivir como ellos viven. Se dirige a él, de pronto. Grita que no se puede leer nada en la casa, que no hay siquiera eso, cosas para leer, que él ha tirado todo, libros, revistas, periódicos, que no hay ni televisión ni radio, que no se sabe qué sucede en el mundo, ni siquiera alrededor, muy cerca de uno, que ya no se sabe. Que para vivir como viven, mejor es morir. Ella se para de nuevo frente a él, lo mira, llora, repite: Debido a este amor que lo ha arrebatado todo y es imposible.

Se para. Él ha escuchado. No ríe. Pregunta:

—¿De qué habla usted?

Ella está confusa, dice:

—Hablaba sin pensar, estoy muy cansada.

Dice: Nunca me lo he preguntado.

Él se ha puesto de pie. La levanta hacia él. Besa su boca. El deseo en la derrota, loco, les hace temblar.

Se separan. Él dice:

—No lo sabía hasta este punto.

Se quedan de pie en la habitación, los ojos cerrados, sin palabras.

A determinada hora de la noche ya no hay ruido alguno en torno a la casa, se oye solamente el latido espaciado de la resaca, sin eco alguno. En esta tregua no hay ya ladridos de perros ni la chatarra de los camiones. Tras los últimos tráficos de la gente, en las proximidades del día, es cuando las horas se vacían de toda substancia hasta convertirse en espacios vacíos, arenas de pura travesía. El recuerdo del beso es entonces muy fuerte, les quema la sangre, hace que no hablen, no pueden.

En esta hora de la noche es cuando por lo general ella se mueve. Hoy, no, teme sin duda la proximidad del día y la calma que le acompaña.

El beso se ha convertido en goce. Tuvo lugar. Se burló de la muerte, del horror de la idea. No le siguió ningún otro beso. Ocupa el deseo todo, para él mismo es su desierto y su inmensidad, su espíritu y su cuerpo.

Ella está en el charco blanco de las sábanas al alcance de la mano, el rostro descubierto. El beso hace sus cuerpos más cercanos que la desnudez, la habitación.

He aquí que ella se despierta. Dice:

—Usted estaba aquí.

Ella mira en torno a él, la habitación, la puerta, su rostro, su cuerpo.

Ella pregunta si esta noche ha acudido a su mente de nuevo la idea de matarla. Él dice:

—La idea me ha vuelto de nuevo pero como la de amar.

Del beso no hablarán.

Ella está en su primer sueño.

Él sale, camina en sentido inverso a las moles de piedras, a lo largo de los grandes hoteles que bordean la playa.

Nunca había vuelto. Por temor, sin duda, a ser reconocido por los testigos como el verdadero autor de un escándalo —él lo cree ahora— que se produjo ahí aquella noche de verano. Encuentra el lugar donde estuvo junto a la ventana abierta cara a la del joven extranjero de ojos azules pelo negro. El hall está cerrado por todas partes. Los muebles son ingleses. Sillones, mesas de caoba oscura. Hay muchas flores encerradas al amparo del ruido y del viento. Imagina claramente el olor de las flores encerradas, el de un calor solar ahora preso del frío.

Detrás de los cristales de los ventanales, el cielo en movimiento, el mar.

Él la desea, a ella, la mujer de aquel café de la orilla del mar. No la ha abrazado desde la otra noche. Aquel beso de sus bocas se ha extendido por todo su cuerpo. Está en él completamente retenido, como un secreto entero, una felicidad que hay que sacrificar por temor, por temor a que haya un futuro. La idea de este beso lleva a la de su muerte. Podría abrir el hall y morir allí de un modo cualquiera o dormir en la tibieza de invernadero.

Cuando él vuelve, ella está ahí, en su lugar, tendida.

Ella lo mira sin verle, con los ojos vacíos. Ella está en un estado de ira que él desconoce, sordo, perverso. Dice:

—Usted quisiera disponer de la idea de Dios como una mercancía, difundirla por todas partes, chillona y vieja, como si Dios necesitara sus servicios.

Él no contesta. Es un hombre que no contesta.

Ella prosigue: Cuando usted llora, llora por no imponer a Dios.

No poder robar a Dios y repartirlo.

La ira se desvanece, la mentira. Ella se tiende, se cubre el cuerpo con las sábanas y el rostro con la seda negra. Llora bajo la seda negra. Dice llorando:

—Es cierto, usted tampoco habla nunca de Dios.

Dice: Dios es esta ley, la de cada día y para todo, no merece la pena ir a buscarlo de noche, desplazándose por el lado del mar.

Ella llora. Se trata de un estado de pena profunda y desalentada que no hace sufrir, que se llora más que se expresa, que puede ir parejo a cierta felicidad. Y del que él sabe que nunca podrá asaltarla.

Ella se ha despertado.

Dice que se está volviendo loca.

Dice: Usted dormía, todo estaba en calma. Miré su rostro y lo que en él sucedía mientras usted dormía. Vi que usted iba de espanto en espanto a lo largo de toda la noche.

Ella habla con los ojos vueltos hacia la pared. No se dirige a él. Junto a él, ella está fuera de su presencia. Dice: De pronto, en el tejido del universo, en el lugar de la pequeña extensión de su rostro se produce una debilidad súbita en la trama, pero casi nada, apenas el rasgado de una uña en un hilo de seda. Ella dice que su locura procede acaso de que la otra noche, cuando él dormía, ella había percibido —a la vez que aquella diferencia de destino entre el rostro y el todo del universo— la identidad de la suerte que les estaba reservada, a saber, que habían sido llevados juntos y aplastados del mismo modo por el movimiento del tiempo, hasta convertirlos de nuevo en la trama lisa del universo.

Pero sin duda se equivoca, no sabe ya de qué habla cuando habla de él, de ese sentimiento que ella tiene por él. De lo que está segura es de que debe ir con cuidado durante las horas que preceden a la salida del sol, después de los últimos tráficos, cuando es noche negra.

Aún en plena noche, ella se despierta, dice que ha olvidado decírselo, se lo cuenta: conoce bien las orillas del mar ya que las ha visto toda su vida. Conocía también aquella habitación, la había visto, era una casa cerrada con una ventana rota. Se decía que en otros tiempos había habido mujeres en aquella casa, que durante el verano estaban en la terraza con los niños. Pero ella no había visto nunca a las mujeres y los niños, por lejos que se remontara en el recuerdo no había nadie en aquella casa. Ni un solo día hubo luz. Hacía tiempo que quería decirle eso, lo había olvidado.

Él le pregunta si era ella quien llamaba a la puerta ciertas noches.

Quizá, sí. A veces lo hacía con algunas casas pero cuando había luz y cuando sabía que estaban habitadas por hombres solos.

¿Era ella la que una tarde de aquel verano había llamado a aquella puerta de la casa? Él no había ido a abrir. Él no abre cuando no espera a nadie. Corta el teléfono y no abre. ¿Era posible que hubiera ido aquel verano? Ella no recuerda precisamente haber ido, ahora que lo conoce le parece que hubiera debido hacerlo. Racionalmente no, hubiera sido necesario que viera luz a través de los cristales, pero sin luz hubiera podido hacerlo también alguna vez.

Él dice que a veces, cuando no espera a nadie, deja que la noche entre en la casa, no enciende la luz. Esto para saber qué puede aparecer de improvisto en una casa vacía. Ella dice: Precisamente yo.

Ella abre los ojos, vuelve a cerrarlos, dice: Hasta qué tarde hemos dormido.

Con la mano acaricia su rostro y luego vuelve a caer, llena de sueño. Sus ojos vuelven a cerrarse.

Dice:

—He estado con aquel hombre esta noche. Me he reunido con él en la habitación de encima del bar. Le he pedido que haga conmigo como nosotros hubiéramos hecho si la muerte no hubiera hecho presa de nuestro espíritu.

En la habitación, él se ha acercado. Se tiende junto a ella. Ella tiembla, habla con dificultad. Cada vez que para de hablar, llora. Dice:

—He pedido a ese hombre que me deje dormir junto a él durante un rato bastante largo. Le he pedido que haga ciertas cosas encima de mí, pero que no empiece a hacerlas hasta que esté dormida, pero apenas, apenas.

Repite:

—Le he pedido que me dijera las palabras y que hiciera las cosas que yo le dijera, pero que las dijera y las hiciera muy lentamente, muy prolongadamente, de modo que yo no saliera del sueño. Le dije qué cosas, qué palabras.

Le dije también que no se preocupara por saber si, a

pesar de su cuidado en no despertarme, yo salía del sueño. Porque en ese caso la privación se declararía de un modo tan lento como lo hubiera sido en una interminable y maravillosa agonía.

Hizo lo que yo le pedía. Lentamente, prolongadamente. Luego su voz, de pronto. La oí y recordé. Su mano me quemó la piel. Primero apenas, de modo espaciado, luego continuadamente, su mano prendió fuego a mi cuerpo.

Él dijo que me temblaban los párpados como si los ojos quisieran abrirse sin tener fuerza para ello. Y que de la hondura de mi vientre había salido un agua espesa y turbia, caliente como la sangre. Que cuando mis piernas se separaron para dejarlo entrar en el interior de aquella hondura, fue cuando me desperté. Que la penetración hasta el fondo de la hondura la había hecho muy despacio para lograr alcanzarla sin desfallecer. Que él gritaba de miedo. Que había esperado mucho tiempo en el fondo de la hondura a que la urgencia se calmara. Ella dice:

—Yo no quería esperar tanto como él deseaba. Le pedí que fuera deprisa, y fuerte. Dejamos de hablar. El goce llegó del cielo, lo tomamos, nos suprimió, se nos llevó para siempre y luego se desvaneció.

En la habitación, los cuerpos han caído de nuevo en la blancura de las sábanas. Los ojos cerrados se sellaron en el rostro.

Y luego se abrieron.

Y luego volvieron a cerrarse.

Todo estaba perdido. En torno a ellos, la habitación destruida.

Se quedaron así, los ojos cerrados, mucho rato, asustados.

En primer lugar siguieron separados el uno del otro, y luego sus manos se habían encontrado en el naufragio, temblorosas aún, y habían permanecido una con otra mientras duraba el sueño.

Al despertar, una vez más los dos sollozaban, la mirada vuelta hacia la pared, la vergüenza.

Durante largo rato habían permanecido llorando, separados el uno del otro. Y después habían permanecido quietos sin llorar, también durante largo rato.

Y después, ella le había preguntado si aquella penumbra era el día que llegaba. Él le había dicho que era sin duda el día, pero que en esta época del año tardaba tanto en llegar que no se podía estar seguro de ello.

Ella le pregunta si es la última noche.

Él dice que sí, que es posible que sea la última, que no lo sabe. Él le recuerda que nunca sabe nada.

Él va hacia la terraza. El día es muy oscuro.

Se queda allí. Mira. Llora.

Cuando vuelve a la habitación, ella está sentada, de pie, le espera. Se miran. Se desean.

Ella le dice que tiene miedo de que la maten como a una mujer en un hotel de estación tras la noche de la despedida. Él le dice que ella ya no teme nada. Ella cree que se le ha ocurrido esta idea cuando él se ha ido a la terraza. Él lo confirma. Dice: Un instante, el de un deslumbramiento, nada.

Ella llora. Dice que es la emoción de conocer esa necesidad que él tuvo siempre de su historia, de recordar que por su sola voluntad el cuerpo de ella hubiera podido dejar de vivir para siempre junto a él, en la habitación.

Dice que cada noche, en efecto, esta idea ha acudido a su mente, mezclada con el espanto del mar, su inaccesible belleza.

Él le habla del barco.

Le dice que ha visto pasar un barco de recreo allí, muy cerca, a cien metros de la orilla. La cubierta estaba vacía. El mar era como un lago, el barco avanzaba sobre un lago. Una especie de yate. Blanco. Ella le pregunta cuándo. Él no lo sabe, hace varias noches.

Ella no ha visto nunca un barco en esta playa. Pero por qué no. Gente perdida, sin duda, en la bruma —siempre la hay en alta mar en esta época— y que fueron hacia la luz de los grandes hoteles balnearios.

Se había quedado en la playa hasta la desaparición del barco en el canal. El ruido amortiguado del motor le había penetrado en el corazón de un modo que aún no conocía. Cree que el deseo del joven extranjero de los ojos azules pelo negro se había encendido una última vez en aquel momento, cuando el barco se había alejado de la playa. Debió de caer en la arena cuando el barco desapareció.

Cuando se despertó, mucho después de la desaparición del barco, una ola llegó hasta la pared de la casa, cesó a sus pies como para evitarlo, orlada de blanco, viva, como una escritura. Él lo tomó como una contestación que le hubieran dado desde el barco. La de no esperar más al joven extranjero de ojos azules, que nunca volvería a las playas de Francia.

En aquel momento del mar fluvial había sido cuando había tenido deseos de amar. De amar con un deseo loco, como en aquel beso único que se habían dado. Y que el recuerdo de su piel, de sus ojos, de sus senos, de la totalidad de cosas de su cuerpo, de su perfume, de sus manos, había vuelto a él.

Había permanecido en aquel estado de desearla varios días. Varias noches.

Y luego aquel amor había vuelto —como el recuerdo del beso—, aquel que había sido la sangre de su vida, aquel que le había dado miedo aquella noche de verano cuando se habían encontrado en el café de la orilla del mar.

Ella dice que era aquel amor, el llorado por ellos dos aquella noche, la verdadera fidelidad del uno al otro, que rebasaba su historia presente y las futuras de sus vidas.

Él le dice que un único y mismo extranjero era la causa de su desesperación aquella noche a la orilla del mar.

Ella recuerda que él le ha hablado con frecuencia de un joven extranjero de ojos azules pelo negro pero que ella no había pensado nunca que se tratara de aquel que ella había amado.

Ella recuerda mejor las tristezas mortales de las que él le hablaba, aquellas que hacían presa de él cada verano hasta anonadarlo, aquellas que eran abstractas y sin consecuencia alguna.

Él dice que siempre se equivoca de historia, pero que debido a su encuentro en el café el recuerdo del joven extranjero le había parecido que se había preservado del error.

Ella dice que no, que les es imposible saber lo que ha pasado, que eran, como en los crímenes, testigos que habían olvidado mirar.

La única prueba hubiera sido que él la reconociera, a ella, como la mujer del hall. En cuyo caso no se habrían conocido aquella noche, en aquel café de la orilla del mar.

Fue a beber vino a la casa cerrada. Lo hace a veces y a ella no le importa. Quisiera estar seguro de la existencia de aquel barco blanco. Esta noche lo confunde con otro recuerdo, con un lugar igualmente cerrado. Dice: Con el hall de un hotel a la orilla del mar.

Ella dice: El barco existió. Se habló de él en la ciudad. Venía del Havre. Había sido arrastrado por la marea baja hasta plena mar y había tenido que volver hacia las luces de la costa. Era un yate de tamaño medio, de nacionalidad griega. Otras personas —además de él— lo habían visto y habían dicho que a bordo no había más que el equipaje.

Ella pregunta si él había visto pasajeros en ese barco.

Él no está seguro pero, cuando el barco había girado, cree, sí, haber visto a un hombre y una mujer apoyados en la borda, el tiempo de fumar un cigarrillo, sin duda, y de admirar la larga cadena de casinos iluminados a lo largo de las playas. Pero que debían de haber bajado de nuevo a las cabinas cuando el barco volvió a partir rumbo al canal —él no había vuelto a verlos.

Se tiende cerca de ella. Se encuentran en un estado de felicidad que nunca han conocido, tan profundo que están asustados.

Él le dice que se ha equivocado, que no es el día que empieza sino el ocaso, van hacia una nueva noche, que habrá que esperar toda su tardanza para alcanzar el día, que se han equivocado respecto al paso de las horas. Ella le pregunta de qué color es el mar. Él ya no sabe.

La oye llorar. Le pregunta por qué llora. No espera su contestación. Le pregunta cuál debería ser el color del mar. Ella dice que el mar toma el color del color del cielo, que se trata menos de un color que de un estado de luz.

Ella dice que tal vez han empezado a morir.

Él dice no saber nada de la muerte, que es un hombre que no sabe cuándo ha amado, cuándo ama, cuándo muere. En su voz hay aún gritos, pero a lo lejos, llorados.

Él le dice, sin embargo, que también él, ahora, cree que debe de tratarse entre ellos de lo que ella decía los primeros días de su historia. Ella esconde la cara contra el suelo, llora.

Es la última noche, dice el actor.

Los espectadores se inmovilizan y miran en dirección al silencio de los protagonistas. El actor los señala con la mirada. Los protagonistas están aún expuestos a la luz intensa de la orilla del río. Están tendidos cara a la sala. Se diría que anonadados por el silencio.

Miran hacia la sala, al exterior, la lectura, el mar. Su mirada es aterrada, dolorosa, siempre culpable por haber sido objeto de la atención general, de la de los actores en escena y de la de los espectadores de la sala.

La última noche, anuncia el actor.

Están cara a la sala, cercanos y distantes, dispuestos a desaparecer de toda historia humana. Será no el descenso de la luz sino la voz del actor aislado lo que provocará la inmovilidad de los demás actores, la detención de sus movimientos, su escucha obligada, infernal, del último silencio.

Esta noche, la de la décimosexta noche, la mirada de él se apartará de lo suyo, y ella, en cuanto se acerque, se cubrirá con las sábanas blancas.

Una última frase, dice el actor, habría podido ser dicha quizá antes del silencio. Podría suponer que la había dicho ella, por él, durante la última noche de su amor. Se habría referido a la emoción que se experimenta a veces al reconocer lo que no se conoce aún, la dificultad en que uno se halla de no poder expresar esta dificultad debido a la desproporción de las palabras, de su delgadez, ante la enormidad del dolor.

En el fondo del teatro, dice el actor, habría habido una pared de color azul. Esta pared cerraba la escena. Era maciza, estaba orientada a poniente, cara al mar. En un principio se habría tratado de un fuerte alemán abandonado. Esta pared se definía como indestructible, aunque la azote el viento del mar, día y noche, y soporte de frente las tempestades más fuertes.

El actor dice que el teatro había sido construido en torno a la idea de esta pared y del mar, a fin de que el rumor del mar, próximo o lejano, estuviera siempre presente en el teatro. A veces tranquilo, era ensordecido por el espesor de la pared, pero siempre estaba ahí, al ritmo tranquilo del mar. Uno no se equivocaba nunca sobre su naturaleza. Cuando los temporales eran fuertes, determinadas noches se oía claramente el asalto de las olas contra la pared de la habitación y su rompimiento a través de las palabras.